**Copyright © 2020 Editora Garnier.**

Todos os direitos reservados pela Editora Garnier.
Nenhuma parte desta publicação poderá ser reproduzida
sem a autorização prévia da Editora.

# ESCOLHAS

Diretor editorial
*Henrique Teles*

Produção editorial
*Eliana Nogueira*

Arte gráfica
*Bernardo Mendes*

Revisão
*Cláudia Rajão*

**EDITORA GARNIER**
Belo Horizonte
Rua São Geraldo, 53/67 - Floresta - Cep.: 30150-070 - Tel.: (31) 3212-4600
e-mail: vilaricaeditora@uol.com.br

Elisa Vignolo

# Escolhas

GARNIER
desde 1844

Dados Internacionais de Catalogação na Publicação (CIP) de acordo com ISBD

V686e   Vignolo, Elisa

      Escolhas / Elisa Vignolo. - Belo Horizonte - MG : Garnier, 2020.
      114 p. ; 14cm x 21cm.

      Inclui índice.
      ISBN: 978-65-86588-63-7

      1. Literatura brasileira. 2. Romance. I. Título.

                                        CDD 869.89923
2020-2431                               CDU 821.134.3(81)-31

Índice para catálogo sistemático:

1. Literatura brasileira : Romance 869.89923
2. Literatura brasileira : Romance 821.134.3(81)-31

# Sumário

Capítulo 1 - O contexto ................................................ 11

Capítulo 2 - O tenente ................................................. 17

Capítulo 3 - A fuga .................................................... 47

Capítulo 4 - O Rio de Janeiro ......................................... 57

Capítulo 5 - Os enjoos ................................................ 64

Capítulo 6 - O verdadeiro tenente .................................... 70

Capítulo 7 - Tentando a paz .......................................... 83

Capítulo 8 - A chegada do bebê ...................................... 91

Capítulo 9 - A liberdade ............................................. 101

Capítulo 10 - A doença ............................................... 107

Às mulheres sem voz.

*"Levanto a minha voz, não para que eu possa gritar, mas para que aqueles sem voz possam ser ouvidos..."*

Malala Yousafza

## Capítulo 1

## O contexto

Hoje o dia amanheceu bem nublado e frio, pulei da cama cedo querendo um café quente para esquentar o corpo, Bárbara já o tinha preparado. Segui minha rotina diária: ajudei Bárbara a dar comida para o meu filho Antônio. Separei a roupa do meu marido para irmos para a missa, aprontei-me e fomos. Após a missa dominical, não me sentia bem: o meu coração começou a bater acelerado, um aperto no peito, falta de ar e uma certa angústia. Será que foi por causa do sermão? O padre falava sobre o casamento e o amor, que, como água e azeite, não devem se misturar e estendeu o sermão falando sobre as qualidades de uma mulher casadoira. Essa que deve ser virtuosa, discreta, honrada e honesta. E que o amor, se sentido por elas, deve ser considerado uma doença da alma. Esse discurso fez-me lembrar da minha vida antes de casar e como eu pensava que deveria ser o casamento. Acreditava que, para a união de um homem e de uma mulher, era fundamental que existisse o tal do amor que eu lia nos folhetins, que trocava às escondidas com minhas amigas, eu dormia e sonhava com o homem que eu conheceria e, que, me faria descobrir o que era o amor. Às vezes, tinha sonhos tão reais que eu podia sentir o que seria o amor. Mas, na hora do jantar, por vezes, o meu pai me olhava, olhava para minha mãe e dizia: "está chegando a hora de escolher um marido para Ana". Eu não gostava muito daquilo, sabia que era correto mas será que eu sentiria o amor pelo marido escolhido pelo meu pai? Num desses dias em que surgiu novamente esse assunto, na mesa, eu perguntei ao meu pai: "e se eu não amar o partido que o senhor me escolher?" Sem delongas ele me respondeu com um ditado: "quem casa por amores, maus dias, piores noites".

Acabou que chegou a bendita hora do meu pai escolher o meu marido. Eu tinha 17 anos quando ele apareceu para o jantar com José Fernandez, dez anos mais velho do que eu, filho de pais portugueses, que viviam da criação e lavoura. Não gostei dele, nem na primeira vez que o vi e, muito menos, na segunda ou nas demais. Ele não sabia pegar nos talheres, comia com a boca aberta, falava enquanto mastigava, era baixo e um pouco gordo. Não deveria saber ler ou escrever muito bem porque o seu português não era bom. Eu olhava para minha mãe e ela me olhava, com certa cara de piedade. Não era possível que minha mãe, que sempre estava com um livro entre as mãos, que tocava ao piano as músicas mais lindas, permitiria que eu me casasse com um partido bruto como esse? Mas meu pai dividia interesses financeiros com o pai de José Fernandez, pois nossas famílias tinham uma condição econômica parecida. Estava arranjado, e eu não tinha saída, teria que me casar com ele.

Hoje eu vivo em uma casa confortável, numa fazenda rodeada por terras de cultura e campos de criar. José Fernandez, que, embora não saiba o que é ser sofisticado, é um homem bom que me dá conforto e me respeita. Moramos em Bonfim do Paraopeba, na Província de Minas Gerais e a nossa vida é simples e sem grandes alegrias ou tristezas. Tivemos um filho há pouco tempo e, graças a Deus, ele tem muita saúde e parece desenvolver-se bem. Mas não me sinto satisfeita e essa insatisfação me fez procurar minha mãe, com quem compartilhei os meus sentimentos, mas ela não me entendeu e logo me repreendeu: "mas Ana, você tem tudo que uma mulher gostaria de ter: um marido que te dá uma vida de dama, um filho homem e saudável, o que mais você quer?" Fui para casa com essa pergunta de mamãe? O que mais eu quero? E essa pergunta não saiu da minha cabeça tão facilmente. Agora olho ao meu redor com um olhar mais crítico: "o que mais me falta?" Tudo bem que não escolhi o meu marido, mas que mulher na minha condição social escolheria? José Fernandez não é um homem ruim, mas será que o amo? Será que, se eu o amasse, estaria me perguntando se o amo? Acredito que não, pois adoro ler histórias de amor e, nelas, sempre os apaixonados têm certeza que se amam. Será que é isso que me falta? O amor?

O aperto no peito perdurou o dia todo, Bárbara disse que tinha uma erva ótimo para esse tipo de sintoma, tomei o chá que ela preparou e fui dar uma volta no jardim que contornava a nossa casa. Apesar do frio, haviam muitas flores, como me traz paz ficar ali entre elas debaixo do sol, aliás, a melhor parte dos dias frios é aquecer-se sob o sol. A cor cinza dos dias nublados de inverno parece que reforça a nossa tristeza. Ao menos hoje, embora tenha amanhecido nublado, o céu abriu em seguida. O almoço estava pronto, sentei-me à mesa e percebi que o meu filho começava a pegar os hábitos do pai para alimentar-se. Como evitar isso? Ele o admirava e, mesmo com pouco mais de 4 anos, ele queria segui-lo em seu trabalho, imitava-o no trato dos escravos, no jeito de caminhar e nos modos em geral. Em que poderia atrair a um menino os afazeres de uma mulher? Jamais ele iria querer aprender as atividades que minha mãe me ensinou, afinal, cardar, fiar, tecer e tingir o algodão eram atividades femininas e mesmo tocar o piano ou me ajudar com as flores do jardim eram afazeres que não o atraíam, será que aprenderia a ler? Será que ele iria querer estudar? Por José Fernandez, ele aprenderia somente a ler e a escrever e o ajudaria no trato da fazenda, nunca o enviaríamos à Europa para estudar. E assim será, pois a decisão é do marido e não da submissa esposa. Às mulheres compete o dever de cuidar dos afazeres da casa e satisfazer os maridos em seus desejos na cama.

Após o almoço, José Fernandez foi fazer uma sesta, eu ainda estava muito angustiada para conseguir deitar, voltei para o jardim e fiquei reparando na minha escrava Bárbara. Ela é bem negra e, embora tenha cor, ela me parece uma mulher bonita, não é gorda, é mais alta do que eu, tem os dentes bem branquinhos e alinhados e tem o nariz fino, ao contrário dos outros escravos, que costumam ter um nariz largo. Bárbara, que tem boa aptidão para o trabalho, me foi dada por minha mãe, como um presente de casamento, ela é filha de Maria Africana, cozinheira na casa de meus pais. Maria deve ter uns cinquenta anos e, apesar da idade, ela ainda tem muita vitalidade e entende muito de ervas; conhecimento que, provavelmente, trouxe da África. Ela sempre mantém, na horta, um canteiro de ervas e, para praticamente todas as enfermidades, ela tem um chá ou um concentrado. Bárbara tem cinco anos a mais do que eu e, quando éramos crianças, por ela ser cria da casa, brincávamos muito juntas, na verdade, desde as minhas mais antigas lembranças, eu sabia que ela deveria me servir, mas, por ela ser mais velha e cheia de brincadeiras criativas que me despertavam grande prazer, eu a admirava. Com o tempo, minha mãe foi me incentivando a brincar com outras meninas, filhas de amigos dos meus pais, e Bárbara teve que começar a ajudar nos afazeres domésticos e, assim, paramos de brincar juntas.

Hoje, olhar para Bárbara, conviver com ela, me traz uma tranquilidade no peito, deve ser por que ela me faz lembrar a minha infância na fazenda dos meus pais, ou mesmo, por que ela parece ser uma mulher forte. Outro dia Bárbara me confidenciou o seu namorico com Francisco Crioulo, os olhos dela brilhavam ao falar dele, abriu um sorriso largo e mostrou ter muita admiração por ele. Ela só me falava coisas boas sobre Francisco, parecia ser um homem perfeito, mesmo sendo um escravo.

Francisco servia na fazenda de meus pais e, normalmente, vinha no final do dia, aos domingos, para vê-la. Ele havia feito um acordo com meu pai para conseguir dinheiro: ele vendia as hortaliças que produzia na terra do lado da senzala durante suas horas livres e, também, trabalhava para os vizinhos carregando mercadorias. Parte do dinheiro que ele ganhava ele dava para o meu pai e a outra ele guardava, devia ser para comprar a liberdade. Dessa forma, embora trabalhasse quase que noite e dia, ele vivia bem satisfeito, e meu pai não tinha medo que ele fugisse em suas andanças por aí.

Para minha tristeza, o sol, coberto pelas nuvens, se escondeu mais cedo, resolvi então entrar para aquecer o corpo à beira do fogão a lenha. José Fernandez já havia pegado e estava amolando as suas facas. Antônio o olhava com admiração e o imitava com uns pedaços de graveto que havia pego entre a lenha. O meu marido não era de conversar comigo, aliás, acho que somente meu pai e minha mãe mantinham conversas entre eles, mesmo se José Fernandez conversasse comigo, do que falaríamos? Não entendo do trabalho dele e ele não gosta das coisas que eu gosto, as vezes vejo que ele fica até incomodado quando começo a tocar o piano ou mesmo se passo as tardes com um livro entre mãos. As poucas vezes que falamos sobre a educação de nosso filho, discordamos em quase tudo e, como a última palavra é a dele, acho que ele resolveu não falar mais deste assunto comigo. Pedi a Bárbara para me preparar um outro chá, com outra erva que ela conhecia, que me ajudaria a dormir, estava muito aflita para conseguir ter uma boa noite de sono. Enquanto aquecia minhas mãos na xícara de chá, voltou à minha cabeça o quanto me fazia falta conversar com o meu marido e como essa ausência de diálogo fazia eu me sentir sozinha, mesmo estando acompanhada. O jantar foi servido, eu mal comi, José Fernandez e Antônio se lambuzaram no frango, e fomos dormir. Para minha sorte, meu marido não quis nada esta noite.

Acordei mais animada, hoje não era dia de trabalho, porque era a Festa de Santana no povoado que leva o nome da Santa. Desde criança, eu adoro ir a essa festa. O Arraial todo de Bonfim do Paraopeba ia em procissão para a Igreja que fica isolada no alto de um morro, a, mais ou menos, uma hora e meia de carro puxado por bois. Da Igreja de Santana, dá para ver ao longe quase toda a serra que nos separa de Vila Rica e da Cidade de Mariana. Por dentro, a Igreja é muito bonita, a imagem de Santana ensinando o menino Jesus sempre me emocionou. Dizem que as Igrejas de Vila Rica são mais bonitas, com mais prata e ouro, mas, como eu não estive lá para ver com os meus próprios olhos, ainda me deslumbro com o interior desta Igreja. Contam também que a imagem de Bonfim, que foi para a nossa Igreja, iria para a Igreja de Santana e a de Santana deveria vir para Bonfim. Essas imagens foram trazidas de Portugal a mando do Sobreira, um português que se apossou dessas terras primeiro. Mas não sei bem por que houve essa troca, mas gosto como estão as coisas: Nosso Senhor do Bonfim perto de minha casa e Nossa Senhora de Santana longe para vir passear para vê-la. Escolhi a roupa de José Fernandez e de Antônio, me arrumei bem e partimos. Eu adoro as festividades, nelas encontro minhas amigas: a maioria já está casada, e as solteiras aproveitavam as festas para conhecer seus possíveis pretendentes, antes que os pais os escolhessem. Tinha um pouco de inveja das que conseguiam. Minha amiga Maria havia conhecido o seu pretendente na Festa de Santana, há uns quatro anos atrás, e ela é uma das poucas mulheres casadas, que conheço, que parecia feliz no matrimônio. As outras, na minha opinião, não eram sinceras e fingiam estar felizes.

    Chegamos à festa. Ainda bem que trouxe Bárbara para cuidar de Antônio, pois queria escutar o que minhas amigas tinham para contar. José Fernandez logo encontrou seus companheiros e foi beber e conversar sobre política. Estamos em 1821 e havia pouco tempo que o Rei Dom João retornara para Portugal e todos tinham medo de voltar à condição de colônia e não sabiam por quanto tempo o seu filho Pedro de Alcântara, que ficou como regente do Brasil, conseguiria resistir à pressão dos portugueses e fazer o Brasil permanecer na condição de Reino Unido de Portugal e Algarves. Meu marido sempre dizia que, graças às articulações de José Bonifácio, era capaz de Pedro de Alcântara resistir à pressão, porque o filho do rei não tinha cabeça boa para política e sim para os prazeres da carne. Diziam que, mesmo casado, ele tinha várias amantes espalhadas pelo Brasil afora. Mas esses assuntos não eram para as mulheres.

Eu e minhas amigas conversávamos sobre os filhos, a gravidez, o parto, os pontos de crochê, alguma receita de comida e como tratar as escravas de dentro de casa para que fossem obedientes. Dificilmente, falávamos dos nossos maridos, do casamento ou mesmo dos deveres conjugais. Quando conversava com elas, eu sempre ficava com a sensação de que somente eu era infeliz no casamento, de que somente eu sofri durante a gravidez ou que tive medo do parto. Para elas, era tudo muito natural e nada lhes estava incomodando, conformadas que estavam na vida que levavam. Eu queria ter esse conformismo, por isso, as escutava com muita atenção, mas invés de começar a pensar como elas, ficava ainda mais ao triste com a minha situação e me sentia ainda mais sozinha.

Voltamos para casa, Antônio dormiu no trajeto de volta, e mal acordou quando o tiramos da carroça e o levamos até a sua cama, que sorte poder dormir tão profundo, dei um beijo em sua bochecha e fui para meu quarto. José Fernandez estava me esperando, praticamente sem roupas, e já começou a me agarrar com aquele cheiro de bebida, cigarro e com a voz mole. Hoje, eu não teria a sorte de dormir tranquila.

## Capítulo 2 – O tenente

Os dias foram passando, o vento começou a ficar mais forte, levando o inverno embora, o clima foi ficando mais seco e, para a minha alegria, a primavera chegou. Acordei mais alegre e fui na venda comprar alguns secos e molhados que estavam faltando em casa. A rua estava um alvoroço só, perguntei para uma conhecida o que estava havendo, ela me disse que haviam alguns soldados chegando e que se hospedariam no arraial. As pessoas estavam apreensivas, porque era costume, dependendo da patente, ter que ceder as casas para que eles se hospedassem. Todos tinham medo de que acontecesse como ocorreu no Rio de Janeiro quando a corte portuguesa chegou e as famílias abastadas tiveram que sair de suas casas. Mas acredito que não seria o caso, uma vez que estavam de passagem.

Comprei o que tinha que comprar e voltei rapidamente para casa para alertar José Fernandez. Quando cheguei, havia uma montaria bem bonita amarrada e, antes que eu entrasse, Bárbara veio em minha direção me contar que havia um soldado na sala conversando com o meu marido. Entrei meio apreensiva e José Fernandez me chamou: "Ana, venha para eu te apresentar o meu primo de Portugal o tenente Emílio José de Souza Maciel, temos um tio distante em comum e ele ficará hospedado por alguns dias conosco". Tratava-se de um homem alto, magro, de uns trinta e poucos anos. Quando o vi, fiquei sem graça, não sei se por que o achei muito bonito, ou se foi pelo jeito galanteador com que ele me cumprimentou, fui até um pouco sem educação, acho que pelo nervosismo. Então saí da sala rapidamente e fui tomar as providências para organizar o quarto de hóspedes que fica em outra ala da casa.

Quando já ajudava Bárbara com os preparativos do almoço na cozinha, ele entrou. Estava sozinho e começou a me fazer perguntas triviais. A presença dele me intimidava então eu dei algumas respostas vagas e para me livrar daquele mal-estar, pedi a Bárbara que lhe mostrasse o seu quarto e avisei que o almoço estaria servido em pouco tempo. Eles saíram, fiquei murmurando sozinha, pensando que havia sido grosseira ao interrompê-lo. Bárbara voltou e me olhou com uma expressão que era um misto de desconfiança e riso, mas como eu não devia compartilhar os meus sentimentos com uma escrava, fingi que não percebi e não perguntei por que ela me olhava daquela maneira.

José Fernandez chegou com Antônio e me perguntou se eu havia providenciado tudo, para que o seu primo se sentisse à vontade. Disse que estava tudo organizado, e que ele já estava no quarto de hóspedes. O tenente Emílio sentou-se à mesa junto com a nossa família, José Fernandez lhe ofereceu a aguardente produzida em um alambique conhecido do arraial de Bonfim do Paraopeba. Enquanto bebiam e comiam umas costelinhas, falavam sobre a Revolução Liberal do Porto que exigiu o regresso de Dom João. O primo contou que Dom João se afeiçoou ao Brasil e não queria retornar a Portugal, mas que, se isso não tivesse ocorrido, seria muito estranho e contra as resoluções do Congresso de Viena. Por isso, o Rei corria o risco de perder o trono português, caso ficasse em terras brasileiras. O tenente compartilhou o temor do exército de que eclodisse no Brasil um processo de independência, como estava ocorrendo em outras colônias, e os ânimos estavam se agravando, devido à pressão da corte portuguesa para que o Brasil voltasse à condição de colônia. José Fernandez usou de seu corriqueiro argumento e afirmou que o rei foi muito inteligente ao deixar José Bonifácio encarregado dos negócios do reino. O primo perguntou se, para os negócios de José Fernandez, era bom o Brasil voltar a ser colônia, mas, segundo meu marido, para ele, tanto fazia, pois ele vendia seus produtos para a região de Vila Rica. Eu já tinha outra opinião. Para mim, o Brasil tinha que ser independente de Portugal e ter a sua própria corte, mas eu não poderia expor uma opinião contrária a de meu marido, então me mantive calada e fiquei ajudando Antônio com a comida.

Eles continuaram com o assunto enquanto comiam, José Fernandez falava e mastigava ao mesmo tempo e, para minha surpresa, o seu primo tinha modos à mesa e falava de uma forma pausada, segura e tranquila, sem o desespero que José Fernandez demonstrava ao expor os seus argumentos. Por vezes, olhava para eles e pegava o tenente me olhando de uma forma que me constrangia, então, eu virava o rosto rapidamente e focava no ato de alimentar o meu filho.

Após o almoço, os homens foram para a varanda fumar tabaco. Eu ajudei Bárbara a retirar a mesa e fui para o tear. Precisava ocupar a minha cabeça com alguma atividade. Bárbara, depois de organizar a cozinha, veio cardar o algodão. Ficamos ali em nossos afazeres, caladas, até que Bárbara rompeu o silêncio e disse: "senhora, mas que homem bonito!" Achei um certo atrevimento dela me dizer isso. Vai ver que não sei colocar a escrava em seu lugar, provavelmente, por que, como brincávamos juntas em nossa infância, ela sentia que tinha intimidade comigo. Para não render o assunto, logo lhe reprimi dizendo: "Mas você não gosta de Francisco Crioulo?" E ela me disse: "gosto sim, mas o que tem olhar para um homem bonito?" Não respondi mais e concentrei no que estava fazendo. Entretanto, Bárbara tinha razão, ele era muito bonito e realmente; "o que tem olhar para um homem bonito"? Minha mãe diria que não se deve, que mulher correta só tem olhos para o seu marido. Mas, no almoço, olhar para meu marido e a comida rolando dentro de sua boca, me dava náuseas, já o seu primo, era bonito de ver, não só pela sua beleza física, mas também pelos seus modos à mesa.

À noite, depois do jantar, para minha surpresa, José Fernandez me pediu que tocasse o piano. Ele, provavelmente, queria agradar ao primo, pois nunca, de fato, gostou que eu tocasse. Eu estava um pouco destreinada, pois fui deixando o piano empoeirar e meus dedos endurecerem. Sentei-me ao piano e me senti um pouco nervosa em tocar para o tenente, ele devia estar acostumado a escutar as melhores músicas executadas por músicos experientes. José Fernandez me ordenou que começasse logo.

Resolvi começar com algo relativamente novo, pois imagino que o tenente deveria ter contato com o que havia de mais moderno no Rio Janeiro. Então, estalei os dedos, dei uma tossida para limpar a voz e comecei com uma modinha de Joaquim Manoel, de nome "Desde o dia" que, recentemente, havia sido feito o arranjo para o piano. Gosto da letra, principalmente pelo o que diz na seguinte parte:

>"Desde o dia que eu nasci
>Naquele funesto dia,
>Veio bafejar-me o berço,
>A cruel melancolia."

O tenente estava escutando atentamente a música, inclusive, percebi que, nas partes que havia solo de piano, ele fechava os olhos. Parecia que José Fernandez estava gostando também, não sei se por influência da bebida ou se porque, realmente, percebeu a beleza que a música tinha. Terminei essa modinha e, para minha surpresa, o tenente não a conhecia e me perguntou de quem era. Esclareci que era de um mestiço chamado Joaquim Manoel, que a compôs originalmente para canto e violão, e, como ele não sabia nem ler ou escrever música, outros músicos faziam as suas adaptações para o piano.

Foi a primeira vez que me expressei na frente do tenente com algo que não era apenas "o jantar está pronto", "gostaria de uma água", ou "o seu quarto fica por ali", entre outras falas corriqueiras. José Fernandez tinha uma expressão de surpresa quando terminei de falar, devia se perguntar sobre como eu sabia de tais coisas. O tenente me pediu que tocasse outras músicas. Agora já não estava tão nervosa, então, emendei mais cinco músicas no piano, pedi licença e retirei-me para meu quarto.

Como havia um tempo que não tocava o piano, deitei com uma sensação boa e logo peguei no sono, mas fui acordada por José Fernandez, que arredou minha camisola para satisfazer os seus desejos da carne. Para minha infelicidade, quando ele está bêbado, costumava demorar muito. Enquanto ele fazia o que devia ser feito, eu ficava pensando no que tinha naquilo que lhe agradava tanto? Por que eu não gostava? Li nos folhetins que muitas mulheres gostam também. Por fim, ele terminou, virou para o canto e dormiu. Eu tive que me levantar para me lavar.

No dia seguinte seguimos a nossa rotina após o café da ma-nhã, José Fernandez levou o tenente para ver as plantações e as criações, Antônio foi junto. Enquanto Bárbara preparava o almoço, eu sentei na varanda atrás da casa para ler. Não ficava muito bem ficar sentada na frente da casa com as pessoas passando. Os homens voltaram das roças, sentamos à mesa e aconteceu o mesmo que no dia anterior, o tenente me olhava fixamente, mas José Fernandez estava tão entretido em sua aguardente e no prato de comida que não percebia. Após o almoço, José Fernandez tirou uma sesta e voltou para a roça, parecia que tinha que resolver alguma questão com um escravo desobediente, meu filho foi junto novamente, não desgrudava do pai. O tenente preferiu ficar em casa. A escrava foi arrumar a cozinha e eu voltei para minha leitura na varanda. Tinha puxado um pouco o vestido para deixar o sol bater em minhas pernas, quando escuto uma voz bem perto do meu pescoço me dizendo: "você toca muito bem o piano." Dei um sobressalto de susto e, imediatamente, puxei o vestido para cobrir as pernas. O tenente pediu desculpas, mas vi pela sua expressão, que ele não estava sendo sincero e que ele realmente queria me assustar. Sem ser convidado, ele puxou uma cadeira e sentou-se bem ao meu lado. A sua presença, o seu olhar realmente me desconcertavam. Daí, ele me encarou e disse: "eu reparei você me olhando hoje no almoço". Respondi imediatamente: "como assim eu te olhando? Você quem fica me encarando durante as refeições". Ele chegou mais perto e disse: "por que te achei muito bonita e atraente e duvido que meu primo saiba te tratar como eu te trataria". Não acredito que ele disse isso, será que não me dei ao devido respeito? Será que dei abertura para que isso acontecesse? Daí lhe disse: "por que o senhor se sente na liberdade de falar desta maneira comigo?" Para a minha maior surpresa o tenente respondeu: "porque me apaixonei por você logo que a vi." Fiquei tão desconcertada que me levantei, sem dizer nada, e fui para a cozinha proteger-me com a presença de Bárbara.

Estava esperando esquentar a água para preparar um chá de capim cidreira, quando o tenente entrou na cozinha e pediu-me um livro emprestado. Disse-lhe onde ficava a estante com os livros e falei para que ele pegasse o que quisesse. Ele não gostou muito de minha resposta e me pediu para que o levasse até a estante, pois não havia entendido onde ficava. Bárbara me olhou com um rabo de olho e, para não levantar suspeitas à escrava, acompanhei-lhe até a estante. Como José Fernandez não gostava de ler, por não possuíamos muitos exemplares, mas o suficiente para as minhas leituras. Estava mostrando-lhe os livros da maneira mais formal possível, quando o tenente me puxou pela cintura e disse que eu tinha belas pernas. Tirei a mão dele de minha cintura e fui, rapidamente, para a cozinha pegar o meu chá.

Queria ir para o jardim ver minhas flores, mas preferi não me arriscar, o tenente podia me seguir novamente. Entre um gole e outro do chá pensava como eu poderia estar passando por aquela situação tão improvável em minha vida. Sentia-me muito atraída por ele, mas, ao mesmo tempo, a realidade da minha condição de uma senhora de família, casada, mãe e religiosa me mostrava que eu deveria desviar o meu pensamento do tenente. Mas confesso que sou infeliz no meu casamento, entretanto, a maioria das mulheres vivem assim.

No final do dia José Fernandez e Antônio voltaram muito sujos das roças. O meu marido estava um pouco manchado de sangue em sua blusa. Imediatamente perguntei: "mas o que aconteceu?" Você se machucou? Ele disse: "Não mulher, esse sangue é do escravo em quem tive que dar um corretivo." Eu não gosto quando submetem os escravos aos castigos físicos, sei que é assim que tem que ser feito para que tenham medo dos seus proprietários e sejam obedientes, mas será que não teria outra forma? Então, disse a José Fernandez: "gostaria que o senhor meu marido não castigasse os escravos na frente de nosso filho, ele é muito novo para ver essas coisas". José Fernandez não gostou do que eu falei, fechou a cara e me respondeu rispidamente: "Ana, eu quem sei o que é bom para Antônio, e é bom ele ir aprendendo desde cedo como se deve tratar um cativo desobediente."

Antônio realmente não parecia estar assustado, dava para dizer que ele estava até um pouco eufórico. Realmente, não consigo ver em que esse menino se parece comigo. Já eu, quando era criança, e presenciava algum castigo físico na fazenda de meu pai, como os açoites, que davam nos escravos, nas costas e nas nádegas e as marcas a ferro que faziam no peito ou, até mesmo, no rosto dos coitados, eu ficava assustada e até triste. Na fazenda de um vizinho de meu pai, o escravo não havia ouvido o que o seu proprietário lhe ordenou e o desrespeitou. Não sei bem como, mas lembro bem que lhe cortaram uma orelha para que aprendesse a ouvir o que o seu proprietário lhe ordenava. Além disso, haviam os acidentes que os escravos sofriam em decorrência dos seus ofícios. Acho que nunca vou me esquecer de uma cena, na fazenda de meu pai, na qual um escravo de nome Jacinto gritava tanto de dor que todos correram para ver o que havia ocorrido. Infelizmente, eu fui ver também. O cativo havia acertado por acidente o machado em sua coxa que ali ficou agarrado. Depois disso, ele custou a se recuperar e, por sorte, não perdeu a perna, mas passou a andar de muletas.

José Fernandez e Antônio foram lavar-se e eu fui ajudar Bárbara com os preparativos para o jantar. Perguntei para a escrava onde estava o tenente? E ela me respondeu: "Ele está aproveitando os últimos raios de sol para ler na varanda senhora". E Bárbara emendou: "Ele é bonito né?" Pensei no porquê dela falar isso a toda hora. Dessa vez resolvi responder: "você está me perguntando se eu o acho bonito ou afirmando que ele é bonito?" Devido ao meu tom de voz e, talvez, por que ela tomou conhecimento do castigo que um de seus colegas de cativeiro havia passado há poucas horas, Bárbara desculpou-se e disse que realmente escrava não deve fazer este tipo de indagação.

Normalmente, não trato Bárbara com rispidez, mas, dessa vez, foi necessário. Será que ela está desconfiando de algo? Mas, de fato, não há nada entre mim e o tenente, ele é quem parece ter intenções, mas que tipo de intenções um homem bonito como ele — tenho que reconhecer que é bonito mesmo — pode ter com uma mulher casada com o seu primo? O tenente pode ter a mulher que quiser. No arraial mesmo, está cheio de possíveis pretendentes, solteiras, de boa família. Olha! Quem sabe não falo com José Fernandez para o levarmos na festa de inauguração da sede da fazenda do senhor Domingos Pacheco de Oliveira, lá vai ter várias moças casadoiras.

Durante o jantar, meu marido e o tenente beberam aguardente exageradamente, como de costume. O tenente continuava a me olhar e eu a desviar o rosto. José Fernandez não percebia, mas vi que Bárbara percebeu. Será que ela havia notado antes e por isso me perguntava se eu o achava bonito? Certamente Bárbara entendeu as intenções dele. Será que ela diria algo para o meu marido? Pensando bem, dificilmente ela contaria, afinal, ela era minha e sabia disso, ela deve obediência à minha pessoa. Entre uma conversa e outra dos homens na mesa, eu questionei: "meu marido nós vamos à festa do senhor Domingos?" Meio sem paciência, José Fernandez respondeu: "claro Ana! Aliás, Emílio você gostaria de ir conosco?" O tenente respondeu que adoraria. Eu, como tinha planos, emendei: "sabes meu marido que Catharina também estará presente? Soube que o pai dela quer casá-la o quanto antes." Depois deste meu comentário ardiloso, o tenente me olhou bem no fundo dos meus olhos, com uma feição de quem entendeu os meus planos. José Fernandez, que já estava sob o efeito da bebida, não percebeu a intenção do meu comentário e disse como se fosse ideia dele: "meu caro primo, sei que essas decisões pertencem ao próprio homem e a mais ninguém, mas será que não está na hora de você assentar família? Agora, Ana me fez pensar uma coisa que pode dar certo, caso queira, pois a moça é muito bonita e tem um dote vantajoso, se for de seu interesse, podemos te apresentar para o pai de Catharina."

    O tenente Emílio deu uma gargalhada que fez com que eu e meu marido trocássemos olhares, e logo respondeu que sim, adoraria conhecer o pai da moça e Catharina, claro. Eu senti uma mistura de alívio e de ciúmes, mas isso era o certo a se fazer. Terminamos o jantar, pedi licença para me recolher, fui colocar o meu filho para dormir e os homens foram fumar tabaco e beber mais. Eu até gosto de beber, mas pouco e vinho, que me dá uma moleza gostosa. Não gosto de aguardente, queima a garganta quando desce e me deixa muito tonta. Deitei na cama, rezei e agradeci a Deus por ter me dado uma luz para sair da situação com o tenente e então dormi. José Fernandez deitou-se na cama com um cheiro muito forte de tabaco e bebida e foi logo arredando minha camisola. Pela primeira vez, disse-lhe que não queria e que estava muito cansada. Ele não gostou do que eu disse e ordenou-me que eu cumprisse minha função de esposa. Cada vez que ele terminava de se satisfazer, eu tomava-lhe mais nojo, não gostava de nada daquilo.

Passaram-se dois dias e o tenente começou a acompanhar o meu marido nas suas tarefas da fazenda. O que me trouxe ao mesmo tempo um alívio e uma certa decepção, pois as investidas de Emílio resumiram-se às olhadas na hora das refeições. José Fernandez avisou-me que o tenente ficaria por mais uns dias, o que seria bom, caso se acordasse o casamento com Catharina. Meu marido parece ter gostado mesmo dessa ideia, que agora era dele. Bom, veremos amanhã na festa o que ocorre.

O dia seguinte amanheceu ensolarado e com o céu todo azul de primavera, o tempo estava muito seco, o que era normal para esta época em que as chuvas ainda são escassas. As flores parecem gostar deste clima, os ipês estavam, em sua maioria, floridos e amarelavam a paisagem. Realmente, era um lindo dia para se inaugurar uma casa e se conhecer um pretendente. Caso tudo ocorresse bem, penso eu, Catharina seria uma mulher de sorte, o tenente, além de ser bem-apessoado, é muito gentil. Será que os homens são diferentes em relação às obrigações conjugais? Tenho essa curiosidade, mas, como saberei de tal coisa? Nunca poderia conversar sobre isso com minha mãe e entre amigas tal assunto é proibido. Uma vez, uma puxou tal conversa e ficou mal falada entre a gente para sempre. Eu poderia falar com Bárbara? Mas será que ela e Francisco Crioulo já tiveram tal intimidade? Será que não estaria me expondo em demasiado com uma escrava? Será que entre os escravos as relações são diferentes? Provável que sim, porque eles não costumam ter casamentos arranjados como as mulheres nascidas livres e de boa família. Então, por que se casam? Será por amor? Será que as escravas gostam das relações íntimas igual os homens gostam? Quantos questionamentos! Como sei pouco da vida, como é difícil não ter com quem compartilhar esses pensamentos. Se eu confessar para o padre o que ando pensando, corro o risco de ter que rezar o dia todo por vários dias.

Desviei o pensamento e fui cuidar da vida prática, afinal, tínhamos uma festa para ir. Escolhi a roupa do meu filho, e Bárbara o vestiu, deixei a roupa de José Fernandez sobre a cama e fui me arrumar. Vesti o vestido mais lindo que eu tinha no armário. Bárbara veio me ajudar a escovar o cabelo e, enquanto o fazia, me disse que eu estava a cada dia mais bonita, que o meu cabelo brilhava como ouro e os meus olhos eram azuis iguais a cor do mar. Fiquei toda envaidecida com os elogios de minha escrava, por que, a não ser minha mãe, que raramente o fazia, ninguém mais me dizia que eu era bonita. Ah! Outro dia o tenente disse que minhas pernas eram bonitas, mas depois dele conhecer Catharina, com certeza, não terá mais olhos para mim, pois ela é uma menina muito bonita fisicamente e tem a juventude das mulheres que não tiveram filhos. Ao pensar nisso, me deu uma sensação de perda, foi estranho.

Desde criança, Bárbara costumava pentear o meu cabelo, adoro este momento, faz um carinho tão gostoso. Mas a minha sensação de relaxamento foi interrompido por um grito de José Fernandez: "Ana, como você pode escolher uma calça que não me serve?" Fui correndo ao encontro de meu marido, e o coitado estava ali, preso dentro da calça, me deu vontade de rir, mas me contive. Ele havia engordado bastante este ano, pois lembro que, no ano passado, a calça o servia com folga. Mas se eu lhe falasse isso, era capaz dele brigar comigo, então, assumi a culpa pela escolha errada e prontamente escolhi uma outra que me parecia mais larga.

Terminei de me arrumar e desci, o tenente já nos esperava na varanda e, logo que me viu, os seus olhos brilharam, aproveitando que eu estava sozinha, ele me disse: "certamente não haverá mulher mais bonita que você na festa." Como não esperava tal elogio, fiquei tão desconcertada que senti minhas bochechas ficarem vermelhas, o que me deu um certo calor. Para minha sorte, ou azar, meu marido chegou em seguida. Bárbara desceu com o nosso filho e saímos de casa. Como de costume, levei a escrava para me ajudar a olhar Antônio, embora o meu filho fosse encontrar com seus amigos e provavelmente passaria a festa a brincar com eles.

    Chegamos à sede da fazenda que estava sendo inaugurada. Realmente o senhor Domingos havia caprichado, tanto na festa, quanto na construção. A casa tinha dois andares, o de baixo era de pedra e devia servir para abrigar os escravos, pois abria para um pátio no fundo da casa, cercado por um muro alto de pedras, de onde eles não poderiam fugir. Na frente, havia uma escada feita de cantaria com o corrimão com detalhes esculpidos, que dava acesso à varanda do segundo andar e à direita, subindo a escada, havia uma ermida, que tinha acesso pela varanda e por dentro da casa. O padre veio para abençoar a casa. Falou umas palavras bonitas e, quando terminou, começaram a servir os comes e bebes. Arrumaram umas mesas no gramado à frente da casa, estava tudo enfeitado com flores. Encontrei com minhas amigas de costume e os homens ficaram reunidos em outro canto. Vi quando o meu marido estava apresentando o tenente para o pai de Catharina. Ao invés de ficar feliz por que o meu plano estava dando certo, eu fiquei com uma sensação ruim de perda. Abstrai o sentimento e fui focar nas conversas das minhas amigas. Umas estavam bebendo vinho, resolvi acompanhá-las.

    Fiquei observando de longe a movimentação do meu marido e do tenente. O pai de Catharina chamou a sua esposa, que logo foi em busca da menina. Ela estava com suas amigas na varanda da casa, realmente, ela era muito bonita. Catharina foi de mãos dadas com sua mãe ao encontro do seu pai, que, imediatamente, a apresentou para o tenente, posso dizer que, nesta hora, o meu coração bateu mais acelerado, ele beijou-lhe a mão e parece que gostou dela. Ela tinha uma cara de constrangimento, mas estava com um sorriso no rosto. Lembrei do dia que conheci José Fernandez, certamente a minha feição não parecia com a dela, eu fiquei desesperada, e minha vontade era de chorar e não de rir.

O futuro casal ficou conversando e eu observando de longe. Vi que Bárbara estava por perto, eu deveria ser mais discreta, mas não consegui parar de olhar. Peguei outra taça de vinho e me posicionei de costas para o tenente, para evitar o contato visual. A conversa com minhas amigas era a mesma de sempre: receitas de comidas, o trato com as escravas, o cuidado com os filhos, esses assuntos do dia a dia. Uma contou que pegou a escrava de dentro de casa mexendo em sua caixinha de joias, o que lhe era proibido fazer, e, como forma de castigo físico, para educá-la sem torná-la imprestável para o serviço, mandou lhe cortar o dedo mindinho da mão esquerda. Eu fiquei chocada, com vontade de vomitar, as outras mulheres da roda a elogiaram. Nessas horas, me sinto ainda mais sozinha, pois se eu abrisse a boca para expor o que pensava sobre o assunto, podia ser taxada de abolicionista ou algo do gênero, o que, futuramente, acabaria prejudicando a minha imagem, além disso, poderia até chegar aos ouvidos de meu marido. Melhor era me calar.

Passado um certo tempo, resolvi me virar e ver o que acontecia com o tenente. Ele estava ainda de conversa com Catharina, que ria o tempo todo enquanto conversava com ele. O sentimento que me invadiu foi de inveja, vontade de ir embora, dormir e não acordar mais, mas tinha que continuar ali, mantendo as aparências. Antônio corria de um lado para outro com seus amigos, José Fernandez bebia e fumava compulsivamente e minhas amigas falavam de suas futilidades. Fiquei na roda com elas, porque realmente não tinha para onde fugir.

A noite foi caindo e, para minha alegria, José Fernandez me chamou e disse que era hora de ir para casa. Quando chegamos, todos foram imediatamente para seus aposentos e eu, como não tinha o hábito da bebida, ainda me sentia um pouco tonta e sem sono, então fui para a cozinha preparar um chá. Pedi a Bárbara que somente acendesse o fogo e fosse dormir que eu mesma prepararia. Bárbara fez o que ordenei, deixou a erva separada, me desejou uma boa noite e foi dormir, fiquei ali sentada, olhando para a vela, esperando a água esquentar. Senti uma respiração no meu pescoço que me fez sobressaltar e virar rapidamente, era o tenente que estava ali cheirando o meu cangote, igual da outra vez na varanda. Disse-lhe: "que susto! Não era hora do senhor estar dormindo, afinal o seu dia foi cheio de emoções". E ele respondeu-me prontamente: "pensa que não sei que foi você quem planejou isso para desviar minha atenção da sua pessoa? Acha mesmo que eu gostei de Catharina? Não vê que somente tenho olhos para você?" Não acreditava que ele estava falando aquilo, estou me sentindo vivendo a história de uma das moças dos folhetins que costumava ler quando jovem. Mas, mesmo sob efeito do vinho, a reponsabilidade voltou-me a cabeça e retruquei: "Mas como pode ser isso, você não vê que sou casada com seu primo?" O tenente chegou ainda mais perto e disse: "Vejo que você está infeliz com seu marido, e além disso, ele é um primo distante. A vida é muito curta para desperdiçarmos a oportunidade de estar com alguém que se queira e você está aí desperdiçando a sua beleza, juventude e tempo em um casamento arranjado que você visivelmente não quer." Ele disse exatamente o que eu não queria reconhecer para mim mesma. E, como o tenente já estava tão próximo de mim, não tive como evitar encostar os meus lábios nos dele e, quando dei por mim, já estávamos nos beijando. Ele me puxou pela cintura e nos beijamos mais, aqueles beijos e encostar no corpo dele me deram uma sensação gostosa. Continuamos nos tocando, beijando, ele estava tirando minha roupa e colocando a mão nas minhas partes íntimas. A água começou a ferver e eu tentei me desfazer do tenente para tirar a panela do fogo, mas ele não deixou, me puxou até com certa força e, ali mesmo, concluímos o que havíamos iniciado. Pela primeira vez na minha vida, parecia que eu tinha experimentado o que o meu marido e o tenente sentiam durante a relação, depois deitamos sobre nossas roupas, o meu coração batia muito, e sentia uma mistura de leveza, relaxamento e satisfação que nunca havia sentido antes. Uma certa felicidade me invadiu, mas logo caí na realidade, me veio uma culpa. O tenente me fazia carinho e estava calado. Eu lhe disse: "o que fizemos meu Deus! Tenho que ir". Ele respondeu: "não pense assim, venha me encontrar amanhã quando todos dormirem em meu quarto". Achei melhor não responder, pedi para ele dar licença para eu pegar o meu vestido, o coloquei sem fechar mesmo, tirei a panela do fogo e fui para o quarto sem me despedir do tenente. Estava muito envergonhada para olhar-lhe no rosto. Abri a porta do meu aposento bem devagar para não acordar o meu marido, mas ele roncava tanto, que, certamente, não despertaria. Troquei de roupa e entrei na cama, nossa como estava exausta. No dia seguinte, acordei no susto, meu marido não estava mais no quarto, sentia uma certa dor de cabeça, havia de ser por causa do vinho do dia anterior. A seguir veio-me à mente o que havia ocorrido. Que vergonha! Que sensação de culpa! Como encararia o tenente e o meu marido juntos no café da manhã? Como eu pude fazer aquilo? Mas, para além da culpa, comecei a pensar, enquanto me vestia, que, pelo menos, matei minha curiosidade sobre o que se sente quando se gosta de alguém durante as relações íntimas. Agora me sentia capaz de ter as mesmas sensações que um homem tem. Será que as minhas amigas sentem isso com os maridos? Difícil saber, esse assunto é proibido em nossas conversas. Que pena! Eu podia ter me casado com um homem como o tenente. Que infelicidade ficar num casamento no qual sou obrigada a me entregar mesmo não sentindo nada! A realidade da minha vida me fez mudar o meu humor de alegria para uma certa tristeza. Terminei de me vestir e desci para o café. Meu marido e meu filho estavam sentados, a escrava na cozinha e o tenente, para o meu alívio, não estava. José Fernandez logo disse: "que sono é esse Ana! Achei que você iria perder o horário da missa". Respondi imediatamente, para não levantar suspeitas: "acho que foi o vinho que tomei ontem, você sabe muito bem, meu marido, que nunca perco a missa de domingo."

Terminamos o café da manhã e fomos para a Igreja. Achei melhor não perguntar pelo tenente, mas onde será que ele estava? Será que amanheceu com culpa e resolveu voltar antes

31

para a sua casa no Rio de Janeiro? Durante a missa mal prestei atenção nas palavras do padre, o tenente e a sensação, que pensei que nunca sentiria na minha vida, não saíam da minha cabeça. Voltamos, e o almoço já estava na mesa, quando bebo no dia anterior, costumo ter mais fome no almoço, ainda bem que Bárbara havia caprichado. Assim que me sentei, o tenente chegou, que frio na barriga senti e até a fome foi embora. Meu marido perguntou: "e como foi sua conversa com o Capitão? Você vai ter que voltar para o Rio de Janeiro amanhã mesmo?" Ai meu Deus, não queria que ele fosse embora amanhã, sei que era o melhor, mas, no fundo, eu não queria. O tenente respondeu: "se não for incômodo, caro primo, vou poder ficar mais uns dias." José Fernandez respondeu prontamente: "claro que não! Precisamos de mais tempo para organizar o seu matrimônio com Catharina." Depois de tudo que ocorreu ontem à noite, havia me esquecido de Catharina, me sentia até envaidecida, pois o tenente havia deixado claro que preferia a mim do que a ela, e justo ela que era uma das moças casadoiras mais lindas do arraial.

Depois do almoço, todos se recolheram para seus aposentos, para o repouso habitual. Eu fui coordenar o trabalho da Bárbara na cozinha. Fiz alguns comentários sobre a lida com a casa, orientei sobre o que ela deveria cozinhar para o jantar e ela, capciosamente, me perguntou: "a senhora não tomou o chá ontem?" Como ela sabia que eu não havia tomado o chá? Ah! Por causa das ervas que deixei sobre o fogão. Imediatamente respondi: "o sono veio e fui dormir sem o chá mesmo". Fui para a varanda continuar a minha leitura para evitar mais perguntas da escrava, porém, novamente, o tenente chegou por trás e me disse baixo: "pensei em você a manhã toda e estou te esperando hoje à noite em meu quarto." Como ele ousava aquilo! Mas eu também havia pensado nele e, ao mesmo tempo que queria encontrá-lo, sabia que não deveria, então respondi: "mas e a sua futura noiva Catharina? E o meu marido, o seu primo José Fernandez?". Para tudo ele tinha resposta: "Você acha mesmo que quero ficar neste arraial por causa daquela menina? Você acha mesmo que, depois de ontem, eu me importo com o meu primo? Agora que já fizemos o que não se devia não vai mudar muito se o fizermos uma ou mais vezes." Depois de falar isso, ele saiu, não me deixando tempo para responder. Pronto, acabara a minha concentração para continuar com a leitura.

Fui para o tear realizar um pouco de trabalho manual para ver se colocava os pensamentos em ordem. Em seguida, chegou Bárbara para me ajudar. Percebi que ela estava bem alegre e até bem arrumada para uma escrava. Então perguntei: "Francisco Crioulo vem te ver hoje?" Ela respondeu, prontamente, com um sorriso no rosto: "vem sim senhora." Tinham tantas coisas que queria saber sobre a intimidade de um casal, quem sabe ela não se importaria se eu fizesse algumas perguntas, mas será que não estaria me expondo? Será que não estaria dando muita liberdade para a escrava que me devia obediência e que devia, principalmente, me temer? Mas com quem mais eu poderia conversar sobre esses assuntos? Então resolvi perguntar: "e o que vocês fazem quando ele vem te visitar?" Bárbara me olhou com um olhar meio desconfiado, mas não hesitou em me contar, deve ter pensando que era obrigação responder o que a sua dona lhe perguntava: "nós andamos por ai, conversamos, planejamos a nossa vida juntos e, em um lugar escondido, fazemos aquilo que todo casal faz." Então, ela não esperou o casamento para se entregar para ele? Por que não? Será que ela gostava? Já que ela respondeu tão prontamente, resolvi fazer mais perguntas: "mas, Bárbara, não é pecado não esperar o casamento para ter relações íntimas?" Daí, ela riu e me disse: "essas coisas são para mulheres como a senhora, para nós, escravas, não funciona assim. Quero ficar somente com Francisco Crioulo e ele comigo, por que teria que esperar o matrimônio? Além do mais, a senhora sabe o quanto é difícil segurar essas coisas?" Já que dei abertura perguntando sobre esses assuntos, Bárbara se sentiu na liberdade de me fazer essa indagação, eu não poderia achar ruim, senão, ela não me contaria mais nada, então resolvi aprofundar no tema: "não entendo Bárbara, você diz ser difícil segurar, porque Francisco Crioulo lhe insiste e quer muito, mas ele não poderia esperar por você?" Para minha surpresa, e confirmação de minhas suspeitas, a escrava respondeu rindo: "difícil segurar não por parte dele senhora, por minha parte, ou pensas que também não gosto?" Nossa senhora, ela gostava, será que somente as escravas devem gostar disso? Será que era uma compensação de Deus por causa da escravidão? Mas, ontem, eu gostei também e, certamente, Deus não tinha nada a ver com aquilo, pois, para Deus, o certo era eu ser fiel a meu marido, mas, então, por que eu não gostava com José Fernandez? Ao contrário, todas as vezes que ia dormir rezava para ele não querer nada comigo. Tinha até certo asco dele me tocar. Resolvi não fazer mais perguntas, para não levantar suspeitas. Continuamos os nossos afazeres em silêncio. Depois de certo tempo, Bárbara me pediu licença, pois era a hora de encontrar-se com Francisco Crioulo. Eu, com certa inveja, disse que fosse, mas que não se atrasasse para preparar o jantar.

Bárbara saiu e fiquei pensando como uma mulher na minha posição poderia ter inveja de uma escrava? Mas ela me parecia mais livre do que eu, podia estar com o homem que havia escolhido, não precisava casar para consumar o casamento e, além de tudo, devia ter aquela sensação que tive ontem, todas as vezes. Bárbara, sim, teve sorte, por não ter que satisfazer um homem sem o querer. Lembro-me de uma escrava de meu pai que todos sabiam que ele mantinha relações íntimas com ela. Mas ela não andava com o brilho nos olhos e o sorriso de Bárbara. Minha mãe fingia que não via, mas tudo de ruim que podia fazer com ela, minha mãe o fazia. Tudo era motivo para sujeitar-lhe a um castigo físico e meu pai não fazia nada para defendê-la. E, praticamente, todas as noites, eu escutava do meu quarto ele saindo ao seu encontro. Até que, certa vez, ela fugiu e nunca mais tivemos notícias dela. Minha mãe gostou muito dessa fuga e, até hoje, eu desconfio que ela teve participação neste sumiço.

Enquanto Bárbara servia o jantar, fiquei observando, estava muito alegre e, claramente, devia ser graças ao seu encontro com Francisco Crioulo. Ela demonstrava tanto a sua satisfação, que

José Fernandez desconfiou e me perguntou: "Ana, o que está acontecendo com esta escrava? Certamente, para ter essa fisionomia de alegria, você deve lhe dar uma vida fácil." Eu não queria prejudicar Bárbara e mesmo que sentisse inveja por ela ter o homem que escolheu, eu não teria coragem de atrapalhar o seu relacionamento. Se eu contasse para José Fernandez, certamente, ele não iria gostar e acabaria arrumando um jeito de atrapalhar a felicidade da escrava, então, eu disse: "oh meu marido, com certeza, ela está feliz, porque vai me acompanhar amanhã à casa de meus pais e vai ver a sua mãe. Coitada da escrava, a única coisa que faz na vida é nos servir e sua alegria é ver a mãe. Além do mais, ela nos serve muito bem e é melhor ter uma escrava de dentro de casa, que tenha uma cara boa e que esteja satisfeita, lembre-se que ela cuida do nosso alimento." José Fernandez virou-se para o tenente e disse: "Ana é muito condescendente com os escravos". Para minha surpresa, o tenente disse: "ela tem razão caro primo, o escravo que cuida da comida deve ser mais bem tratado."

Bárbara, que, certamente, escutou a conversa da cozinha, quando voltou para a sala de jantar, já não tinha mais a feição alegre, estava até meio assustada. Normal, imagina as coisas que ela sabia que as escravas jovens e bonitas como ela passavam nas mãos de seus proprietários. A sua sorte era que José Fernandez não se interessava por ela, acho mesmo que meu marido não gosta de escravas, pois nunca ouvi falar que ele havia se envolvido com uma. Não sei se isso era bom para mim, pois podia até ser um alívio para as noites se ele fizesse como o meu pai fazia, mas, claro, eu não gostaria que ele o fizesse com Bárbara, teria que ser com outra escrava.

Para minha sorte, o assunto que estava sendo conversado à mesa mudou. Agora meu marido e o tenente começaram a falar da travessia da Europa para o Brasil. O tenente contou que demorou 54 dias para uma parte da esquadra portuguesa aportar em Salvador e que, durante esses dias, muitas coisas aconteceram, entre elas tempestades terríveis, escassez de comida e

35

infestação de piolhos, que levaram as mulheres a cortarem os cabelos. Quando ele contou isso, meu filho deu uma gargalhada. Até eu achei engraçado. Gostava de escutar essas histórias, queria atravessar o oceano e conhecer outros lugares, mas nem a Vila Rica o meu marido me levava. O tenente contou que também foi, a mando de Dom João, combater na Guiana Francesa e essa foi a forma que o Rei achou para se vingar de Napoleão Bonaparte, por ter lhe tomado Portugal. De acordo com ele, o clima da Guiana era horrível, muito quente e muitas chuvas e completou dizendo que o clima do arraial de Bonfim do Paraopeba era perfeito. Eu não conheço outros climas, mas, tirando o frio do inverno, eu também gostava do clima do arraial.

Após o jantar, José Fernandez chamou o tenente para estender a noite fumando um tabaco na varanda. As noites de primavera já tinham uma temperatura mais agradável e era gostoso ficar do lado de fora da casa, mas eu não estava convidada, claro. Daí me recolhi para o meu quarto. Coloquei a camisola, me deitei, mas estava muito ansiosa para conseguir dormir, será que eu deveria ir ao quarto do tenente? Como ele disse, já que o fizemos uma vez, se fizermos duas, não vai mudar muita coisa. José Fernandez entrou no quarto e eu fingi que estava dormindo, tomara que ele não queira nada comigo hoje. Ele se trocou e deitou-se, fazendo muito barulho, mantive os olhos fechados e os dedos cruzados. Para minha sorte, ele não quis nada comigo, virou-se para o lado e, em cerca de 15 minutos, ele já estava dormindo, roncava tanto que dificilmente ele acordaria se eu saísse do quarto. Tudo estava propício para eu ir aos aposentos do tenente. Será que era um sinal? Então, levantei-me cuidadosamente, abri a porta com mais cuidado ainda, desci as escadas vagarosamente e segui o corredor até a porta do quarto do tenente, que se encontrava aberta. Ele estava em pé na porta, me esperando, e assim que cheguei, ele me puxou, me beijou e me levou para a cama. Lembrei-me do que Bárbara havia me dito, com ele, realmente, era difícil resistir, tinha vontade de me entregar para ele. Nos beijamos muito, e, depois, de uma forma bem diferente da que

José Fernandez fazia, inclusive, fisicamente, eles eram bem diferentes, acabamos indo para as vias de fato. Ele me pegou de diversas formas até que, uma hora, eu tive aquela sensação que havia tido no dia anterior. Ele terminou e ficamos ali deitados, ofegantes. Pedi que ele me contasse mais sobre os lugares que havia conhecido. Ele me falou de Salvador e da sua vida no Rio de Janeiro. Eu não quis falar sobre o meu casamento com José Fernandez, sobre como era errado o que estávamos fazendo. Pela primeira vez, queria apenas curtir aquela sensação de estar com alguém que eu realmente tinha vontade de estar. Rimos, nos beijamos mais e eu disse que tinha que ir. Ele não gostou, queria que eu ficasse. Mas eu realmente precisava voltar para o quarto, José Fernandez podia acordar a qualquer momento.

Cheguei vagarosamente, e, para minha sorte, o meu marido parecia que não havia nem se mexido na cama, pois continuava roncando e na mesma posição. Eu deitei com todo cuidado e, em seguida, caí no sono. No dia seguinte, ao invés de acordar com um sentimento de culpa, acordei bem leve e feliz. Vesti-me e desci para o café. Para minha sorte, não precisei nem ver José Fernandez, pois ele já havia ido cuidar do serviço na roça. Bárbara me inteirou que o tenente havia ido com José Fernandez, fiquei um pouco tensa ao saber disso, mas o que ele poderia contar para meu marido, que não o comprometesse também? Tomei café enquanto Bárbara vestia Antônio, um escravo já nos esperava com o carro de boi para nos levar até a fazenda dos meus pais.

Chegamos na fazenda e minha mãe já estava nos esperando na frente da casa. Bárbara foi para cozinha ficar com a mãe dela e Antônio foi brincar com dois escravos de sua idade, mais ou menos. Entrei com mamãe e nos sentamos na varanda para conversar enquanto víamos Antônio brincar. Mamãe não parecia muito bem, perguntei o que estava acontecendo, mas ela desconversou. Ela me disse que eu parecia muito feliz e afirmou: "que bom minha filha que você está feliz em seu casamento, José Fernandez é um homem bom." Achei curioso, porque minha alegria era por outro motivo. Motivo este que podia, inclusive, acabar com o meu casamento, mas ela achava que era por conta do matrimônio. Não seria eu a desapontá-la, então disse: "verdade mamãe." E ela complementou: "está vendo minha filha, nada como o tempo para nos fazer começar a gostar de nossos maridos, lembra-se de como você ficou triste quando seu pai lhe apresentou a José Fernandez? Olha como você está agora? Eu, a princípio, também não gostava de seu pai mas hoje, gosto tanto dele, que tenho muito ciúmes de suas relações com as escravas." Será que meu pai estava de caso com outra escrava? Por isso mamãe devia estar triste, não hesitei e perguntei logo: "por isso que a senhora está triste mamãe? Papai está de caso com outra escrava? Você não acha que por um lado isso pode ser bom para senhora, te alivia um pouco nas noites." Minha mãe achou graça e disse: "minha filha, por mim, o seu pai pode me incomodar todas as noites, contando que não tenha esses casos com as escravas." Através dessa fala, conclui que ela gostava do ato em si ou então gostava de fato de meu pai ou mesmo dos dois. Percebendo o seu sofrimento, resolvi acalmá-la: "mas mamãe, esses casos de papai são passageiros e ele é o seu marido, elas sempre serão as concubinas." Em seguida, com a cara muito ruim e os olhos cheios de água ela me respondeu: "mas esse caso parece ser diferente minha filha, essa escrava, ao contrário das outras, anda muito contente por aí e todas as vezes que quero submetê-la a castigos, o seu pai a defende. É muita humilhação para mim, não sei o que fazer. Tenho medo do seu pai fazer filho nela." Corria o risco mesmo, fiquei em silêncio e me veio à cabeça uma ideia: "mãe, por que a senhora não sugere, de uma forma que ele ache que foi ideia dele, de dar a liberdade para ela? Duvido que, sendo livre, ela vai querer saber de papai." Mamãe ficou pensativa, mas não me respondeu e mudou o assunto: "querida Ana, você tem tocado o piano? Soube que vocês estão hospedando um tenente primo de seu marido. Quando hospedamos um homem solteiro em nossa casa, devemos ser mais pudicas e cuidar ainda mais de nossa reputação." Esse alerta da mamãe chegou um pouco tarde, eu poderia até parecer recatada para os de fora, mas de dois dias para cá, concluí que a verdade era definitivamente outra. Mesmo tendo ficado nervosa após esse comentário, fui firme em minha resposta para não levantar suspeitas: "Claro mãe! Pois a senhora não me ensinou a ser uma mulher de qualidades? Com relação ao piano, tenho praticado pouco, tu sabes que José Fernandez não gosta muito que eu toque, então tenho evitado."

Bárbara veio avisar que o almoço estava servido. Entrei para me lavar e sentar à mesa, quando o meu pai chegou. Ele, ao contrário de minha mãe, estava com uma fisionomia ótima. Depois do tenente, eu comecei a entender o que causa essa ótima aparência. Ele me cumprimentou carinhosamente, afinal, eu era a sua única filha. Sentamos, e Bárbara ajudou a sua mãe a servir o almoço. Meus três irmãos chegaram e cumprimentaram-me com certa formalidade, não demonstraram contentamento em ver-me. Na verdade, nunca tivemos uma relação próxima, tínhamos personalidades muito diferentes, tanto no trato com os escravos quanto culturalmente. Eles se pareciam mais com o José Fernandez, a não ser o gosto deles pelas escravas da fazenda, que, como ao meu pai, agradavam-lhes e muito.

Servimo-nos e um silêncio ficou no ar até que meu pai me perguntou sobre a vida de casada com José Fernandez e, antes mesmo que eu pudesse responder, ele mesmo afirmou: "disse que ele era um homem bom, sabia que você gostaria do matrimônio com ele." Bom, depois desse comentário, afirmei positivamente com a cabeça e não disse mais nada. Os homens da mesa começaram a conversar sobre a desobediência de um escravo, a demora das chuvas deste ano e como isso podia prejudicar a plantação. Falaram sobre a necessidade de comprar mais escravos em idade produtiva, por que esperar os meninos que nasceram na fazenda, crescerem, iria demorar muito e que poderiam perder muito dinheiro, uma vez que tinham que aproveitar que os portos estavam abertos, o que favorecia a venda de mais alimentos para o Rio de Janeiro. Nessa hora, quis perguntar para o meu pai se era então ruim o Brasil voltar a condição de colônia, mas fiquei receosa de entrar na conversa. Eles falavam muito alto e isso me incomodava, muita agitação para o horário da refeição. O meu filho olhava os tios e o avô com admiração e o meu pai fazia gracinhas para ele o tempo todo, era o seu primeiro neto, certamente um orgulho.

Depois do almoço, os homens foram gozar do sono breve do início da tarde e eu fui para a varanda com minha mãe. Queria aproveitar o máximo de tempo possível com ela. Ela me mostrou o casaquinho de crochê que estava fazendo para o meu filho. Ao falar sobre as suas habilidades manuais, minha mãe se animava. Ela tem muito jeito para o crochê, o piano, o tear e até mesmo para a cozinha, embora ela cozinhasse pouco, sempre estava orientando Maria nos pratos. Aprendi a gostar dessas coisas com ela e, certamente, são essas atividades que me tranquilizavam no dia a dia. Quis saber mais sobre a concubina de meu pai, achei que, se ela desabafasse, poderia sentir-se melhor. Mas minha mãe não se sentia à vontade para conversar sobre essas coisas comigo. Então fiquei com ela ali, conversando de trivialidades do dia a dia.

Na hora da despedida, vi que os olhos dela ficaram cheios de água, coitada, deve sentir-se tão sozinha quanto eu, morando com esses quatro homens que falam alto, maltratam escravos e deitam-se com escravas. O que ela poderia compartilhar com eles a não ser o cuidado, por serem filhos, e a cama, por ser marido? Eu vivo a mesma situação, mas reconheço que o tenente trouxe-me expectativas de uma vida diferente.

Cheguei em casa no final do dia, mas estava muito cansada para fazer qualquer coisa, então fui para o meu quarto descansar um pouco. Bárbara foi para a cozinha providenciar o jantar e Antônio foi para o seu quarto. Para minha sorte, nem o meu marido e nem o tenente haviam chegado, queria esquecer um pouco deles. Consegui cochilar por alguns minutos, levantei-me e os homens tinham acabado de chegar. Fui para cozinha ver como andavam os preparativos para o jantar. O meu filho desceu para encontrar com o pai, que estava na cozinha bebendo água, ele adorava o pai e pediu-lhe que o levasse no dia seguinte para a roça com ele. José Fernandez gostava também que ele fosse, dizia que, assim, estava preparando-o para assumir o controle da fazenda. Enquanto o meu filho e José Fernandez brincavam, o tenente não parava de me olhar. Fiquei envergonhada e com medo da escrava perceber, então fui para a varanda.

O sol já tinha se posto e a escuridão da noite estava começando a tomar conta da claridade do dia. A paisagem foi se apagando até não poder mais ser vista. Eu, particularmente, me sentia muito melancólica neste horário do dia, me dava quase que uma sensação de perda. Será que era a perda daquele dia que não voltaria mais? Será que era o medo da noite? Das insônias que tinha vez ou outra? Ou era o simples fato de ver a vida passando e eu vivendo sem grandes alegrias? Mas não seria essa a melhor forma de viver a vida? Bárbara veio me avisar que o jantar estava na mesa.

Durante o jantar a vida se repetiu, o tenente me olhava, José Fernandez comia desesperadamente, falava com a boca aberta, Antônio o imitava e Bárbara entrava e saía calada. Hoje, sem um sorriso no rosto, trazendo comida e levando pratos vazios. Após o jantar os homens foram fumar tabaco e eu fui colocar Antônio na cama e depois segui para o meu quarto. Já estava dormindo quando José Fernandez, sem falar nada, me acordou querendo que eu cumprisse minhas funções de esposa. Eu não queria mesmo, ainda mais depois do tenente, mas não adiantava negar, poderia ser pior. Depois que ele se satisfez, ao invés de sentir o que sentia com o tenente eu tomei ainda mais nojo dele, ele virou para o lado e dormiu. Eu levantei, fui me lavar e voltei para cama.

Depois de visitar minha mãe, ver o meu pai e meus irmãos, compreendi a minha realidade de mulher casada: eu não tinha saída. Então, qual o motivo de alimentar essa relação com o tenente? Ao mesmo tempo que eu tinha vontade e pensava nele o tempo todo, achava melhor não ir mais ao seu quarto. Às vezes, para que a doença do amor passasse, eu tinha que evitar ao máximo os encontros e, para isso, o ideal mesmo era ele ir embora. O divagar dos pensamentos me fez cair no sono.

Acordei antes do José Fernandez, devido à altura de seu ronco, ele devia estar dormindo profundamente ainda. Fui em silêncio me vestir e desci. Bárbara já estava na cozinha providenciando o café da manhã. Peguei uma xícara de café e fui para a varanda ver a neblina desaparecer à medida em que o sol esquentava. Dessa vez, não me sentia feliz como no dia anterior, estava, na realidade, bem triste, a ilusão de viver uma história de amor em minha vida tinha acabado. Agora o objetivo era esquecer essa paixão, conseguir que o tenente fosse embora o mais rápido possível e me acostumar com a vida infeliz que me fora escolhida. De repente, senti o sopro do tenente no meu pescoço e logo em seguida estava arrepiada, ele disse: "esperei você a noite toda em meu quarto, por que você não foi? Mal pude dormir." Foi bom ele ter vindo, bom que esclareceria, de uma vez por todas, que nós dois juntos não tínhamos futuro: "Emílio, você não entende que não vale a pena alimentarmos este nosso sentimento? Não tenho saída, tenho que ficar com José Fernandez para sempre, melhor pararmos por aqui." Ele mudou a sua fisionomia, percebi uma certa raiva em seu olhar, senti até um certo medo de sua reação, então ele disse: "eu não vou te perder, vamos fugir comigo para o Rio de Janeiro?" Eu fiquei assustada em escutar a sua solução: "como assim fugir? O meu pai nunca me perdoaria. O que eu faço com meu filho? José Fernandez iria atrás de mim se eu o levasse. Nunca mais eu poderia voltar para o arraial. E minha imagem de mulher de qualidades?" O tenente somente respondeu: "a escolha é sua." E me deixou sozinha na varanda.

E eu estava tão firme com o meu objetivo de me curar desta doença de amor, mas depois dessa proposta de fuga, as minhas determinações foram embora e a dúvida e a tentação invadiram os meus pensamentos. Entrei para tomar o café da manhã e o meu filho, José Fernandez e o tenente já estavam à mesa comendo. José Fernandez olhou-me, mas não me cumprimentou, fui até Antônio para dar-lhe um beijo mas ele parecia com o pai até no tratamento que me dispensava: enxergavam-me e não demonstravam nenhum afeto à minha pessoa. Sentei, comi pouco e fiquei escutando as conversas. José Fernandez chamou o tenente para ir às roças, mas ele informou que tinha que se encontrar com o capitão, pois parece que precisaria voltar para o Rio de Janeiro, devido a algo relacionado ao aumento da pressão portuguesa pela volta do príncipe regente à Metrópole. Após o café da manhã, José Fernandez e meu filho foram para as roças, Bárbara foi lavar a louça, o tenente foi para os seus aposentos e eu fui cuidar de minhas plantas. Precisava pensar.

Antes do tenente ir encontrar-se com o capitão, ele foi ao meu encontro no jardim e disse: "vai ao meu quarto hoje à noite, que, assim, poderemos planejar a nossa fuga." Ele não me deixou tempo para responder, montou em seu cavalo e tomou o seu rumo. O que eu faço? O pior é que eu não tenho ninguém para compartilhar o meu conflito. Essa seria a minha última chance de mudar a minha vida? Se eu ficasse poderia me arrepender para o resto de meus dias, se eu fugisse, perderia todos que estão à minha volta. Mas quem está à minha volta que realmente gosta da minha presença? A minha mãe? Sim, ela gosta de mim, mas vejo que todos os demais, inclusive o meu filho, parecem só me suportarem, ou, como o caso de José Fernandez, em que, para ele, só sirvo para coordenar o trabalho de Bárbara e satisfazê-lo em suas necessidades da carne. Só de pensar em ter que passar toda a minha vida tendo que atender José Fernandez nos seus desejos, me desesperava. O que fazer? Quem poderia me ajudar a tomar essa decisão? E como seria viver no Rio de Janeiro com Emílio?

Minha vida sempre foi aqui no arraial, o máximo que fazíamos era ir até as localidades vizinhas em dias de festa de Igrejas. Sempre pedi ao meu pai que me levasse a Vila Rica, tinha muita curiosidade de conhecer uma vila, como era a vida lá, como as pessoas se vestiam, sobre o que conversavam. Mas ele nunca me levou. E José Fernandez, dificilmente, me levaria, pois, para ele, já é um sacrifício me levar nas festas nos arraiais que ficam próximo a Bonfim. Desde criança, imaginava que minha vida seria diferente, que eu teria uma vida de aventuras, queria muito ter tido a oportunidade de atravessar o oceano para estudar, ou mesmo conhecer as cidades da Europa. Mas meu pai não queria que os filhos estudassem, dizia que era desperdício de dinheiro e tempo, que, para conseguir enriquecer nas fazendas, não era necessário o estudo, e que mulher não deve nem estudar e nem trabalhar. O papel de uma mulher era casar, administrar a casa, dar filhos homens para o marido e satisfazê-lo em suas necessidades. Refletindo sobre este pensamento do meu pai, que me foi repetido a vida toda, não consigo entender por que eu não concordava, por que eu não coloquei em minha cabeça que assim deveria ser e pronto? Por que eu fico questionando isso diariamente? Até hoje, eu fiz exatamente o que o meu pai me ordenou: não estudei o quanto queria, não saí das proximidades do arraial, casei com quem ele escolheu, tive um filho homem, cuido da casa e satisfaço o meu marido. Mas não sou feliz com isso, mas será que o meu pai achava que a felicidade era uma coisa importante para as mulheres sentirem ou, para ele, isso não tem importância quando se trata do sexo feminino.

Fugir com o tenente seria uma chance de experimentar a felicidade, conhecer o Rio de Janeiro e viver uma história de amor com o homem que eu havia escolhido. Imagino que, no Rio de Janeiro, as pessoas sejam mais livres, as mulheres tenham mais liberdade. Mas e se não for nada disso? Eu não terei como voltar atrás. Que dúvida! Como vou solucionar isso? Melhor ir até o quarto do tenente hoje à noite e escutar o que ele tem a me dizer.

Foram tantos conflitos em minha cabeça, que o tempo passou mais rápido. Logo a noite caiu, reunimo-nos, jantamos e cada um foi para os seus respectivos aposentos. Deitei-me com José Fernandez, rezando para ele não querer nada comigo aquela noite, mas ele quis. A cada dia me sentia pior por fazer aquilo sem querer com o meu marido e ele não fazia nada para me fazer gostar. Acredito que esse era o principal incentivo para fugir com o tenente. Mesmo envergonhada de ir ao quarto do tenente após deitar com o meu marido, esperei ele aprofundar-se no sono, me levantei cuidadosamente, e fui. Tinha que tomar uma decisão o quanto antes.

Desta vez, a porta estava fechada, bati duas vezes e o tenente veio abrir. Como da outra vez, ele me puxou pela cintura, me beijou e me deitou na cama. Disse que estava muito nervosa, precisando conversar e que não queria agora. Para minha surpresa ele disse que tudo bem. Nunca José Fernandez me diria isso. Enfim, ele me perguntou: "que dia vamos para o Rio de Janeiro? Eu já tenho como levá-la, mas não poderás levar muitas coisas, pois vamos sem carroça." Daí eu perguntei: "mas como você vive no Rio de Janeiro? Como vou levar o meu filho? José Fernandez me procuraria até encontrar-me se o levar." O tenente respondeu prontamente: "então não o leve." Por mais que me doesse, eu sabia que só amarrado, meu filho iria comigo. Caso eu viesse a fugir com o tenente mesmo, eu teria que deixar o meu filho para trás. E o tenente completou: "Ana vamos ter os nosso filhos." Eu sabia que, se assim fizesse, mais cedo ou mais tarde, todos no arraial ficariam sabendo e eu ficaria tão mal falada, que nunca mais poderia retornar. Compartilhei essa minha conclusão com o tenente e ele me disse que não me preocupasse, porque ele iria fazer de tudo para eu gostar da nossa vida no Rio de Janeiro e que lá, ninguém saberia que eu já havia sido casada, ou qualquer coisa que me comprometesse. Ele falaria que nos conhecemos e casamos em Minas Gerais. Essa ideia tranquilizou-me, dificilmente encontraríamos um conhecido de Bonfim no Rio de Janeiro. Meu pai, provavelmente, ficaria tão envergonhado, que não me buscaria, pois, desde o casamento, eu passei a ser da responsabilidade de José Fernandez e, se eu não levasse o meu filho, José Fernandez iria me buscar para quê? Provavelmente, o seu orgulho não lhe deixará ir em busca da minha pessoa. Lamento por deixar a minha mãe, acredito que ela, sim, poderia até ir me ver no Rio Janeiro, caso entendesse e me perdoasse. Mas, também, não posso ficar aqui presa a um casamento, a uma vida que não gosto por causa da minha mãe. Ela tem a vida dela e irá sobreviver sem a minha presença.

    O que faria com Bárbara? A ideia de nunca mais a ver me perturbava, pois gostava de sentir a sua presença na casa, somente ela sabia qual era a erva certa para cada dor ou doença que eu tinha. Desde pequenas, convivíamos e, por incrível que pareça, fiquei triste em pensar na possibilidade deixá-la. Então, perguntei para o tenente: "você tem escravos?" Ele me disse que não, pois viajava muito e escravos davam muito trabalho para evitar que fugissem. Era exatamente o que eu esperava ouvir, daí disse: "sabes que Bárbara é minha escrava e não de José Fernandez e ela me é muito útil, eu não teria como cuidar de uma casa sozinha, podemos levá-la em nossa fuga?" O tenente respondeu: "se eu deixar você vai comigo então?" Realmente, a minha cabeça não aguentaria mais ficar no arraial, uma vez que parecia que estava tudo organizado, e as pessoas que ficariam não sofreriam a minha ausência, em pouco tempo, até se esqueceriam da minha existência. Por que não ir? Por que ficar? Deste modo respondi: "Emílio, o meu marido foi o meu pai quem escolheu, desde o primeiro dia que o conheci, o único sentimento que vem aumentando entre nós dois é o asco que sinto por ele. Nada na minha vida foi eu quem escolheu e fugir com você seria uma escolha minha. Uma escolha errada aos olhos dos de fora, mas que, agora, tem me dado uma esperança de uma vida nova, ao lado de um homem que eu gostei desde o primeiro dia que vi." Emílio disse que também gostou de mim desde o primeiro dia em que me viu, que eu iria gostar da vida no Rio de Janeiro, que lá as pessoas pensam diferente das do arraial. Ele reafirmou ainda, que lá, ninguém saberia que eu era casada com outro homem e me perguntou: que dia vamos? Boa pergunta, eu deveria achar uma forma de falar com Bárbara, ela poderia não gostar muito, pois iria deixar Francisco Crioulo, mas ela me devia obediência e, por ser minha, deveria fazer o que eu lhe pedisse. Mas, ao mesmo tempo, não quero obrigá-la. Vou pensar uma forma de convencê-la. Combinamos de ir em no máximo três noites.

 Estávamos tão animados com a iminência de ficarmos juntos para a vida toda, que eu me esqueci que havia deitado com José Fernandez. Sentia-me tão à vontade com Emílio, que ficamos beijando, acariciando e, de repente, ele já estava com o corpo sobre o meu, colocando as mãos entre minhas pernas. Como eu senti vontade, cedi novamente e deixei que acontecesse, com toda a naturalidade do nosso desejo incontrolável. Tive a mesma sensação das outras vezes, o que me deu ainda mais certeza que eu não estava fazendo errado em fugir com o homem que eu havia escolhido, e que eu gostava. Voltei para o quarto onde estava José Fernandez, inerte e emitindo o ruído de sempre: do seu sono profundo. Deitei e dormi rapidamente. Acordei no dia seguinte com uma sensação gostosa, acho que era a expectativa de viver uma vida nova, de não ter nunca mais que deitar com José Fernandez. Desci para o café e encontrei todos terminando de comer. José Fernandez disse grosseiramente: "não achas que tens dormido em demasiado Ana? Você deve acordar com a Bárbara para coordenar o café da manhã." Fiquei envergonhada por ele falar daquele jeito comigo, mas, para não levantar suspeitas, disse: "o senhor tem razão meu marido, vou esforçar-me mais." Até escutar aquilo, eu tinha muita fome, mas, depois, mal o café tomei.

## Capítulo 3 – A fuga

Depois que todos saíram para a lida, fui até a cozinha encontrar a Bárbara e achar a melhor forma de convencê-la a deixar o arraial e seguir para o Rio de Janeiro comigo. Conversei sobre amenidades, coisas do dia a dia e perguntei se Francisco Criou-lo já havia juntado muito dinheiro para comprar a liberdade dele. Ela me disse que ele não falava para ela quanto tinha, mas dizia que já estava perto de conseguir. Então perguntei: "mas, Bárbara, o que adianta ele ter a liberdade dele e você não ter a sua?" Bárbara, que não era boba me respondeu prontamente: "mas assim que ele conseguir a liberdade dele, ele vai ter mais tempo para juntar dinheiro para comprar a minha." Agora entendi os planos deles, mas, e se eu não quisesse vender Bárbara? Claro que, se ela me pedisse, eu não teria como negar, mas poderia me aproveitar do meu poder sobre ela e dizer, que eu somente a venderia, se ela fugisse comigo para o Rio de Janeiro. Não seria certo fazer isso com Bárbara e sem contar que eu poderia criar um ódio nela por mim e, talvez, ela acabaria contando os meus planos para outras pessoas, como para a mãe dela e a mãe dela para a minha. Então, me veio à cabeça outra saída para convencê-la de que o melhor seria fugir comigo para o Rio de Janeiro. Perguntei: "mas será que, aqui no arraial, um escravo forro consegue juntar dinheiro, com facilidade, para comprar a sua liberdade? Bárbara, a verdade é que ele somente está conseguindo juntar réis, porque o meu pai o está ajudando, e não porque ele seja uma pessoa boa com os escravos, e sim por que ele ganha dinheiro com isso, além de garantindo que Francisco fique satisfeito e não fuja." Bárbara ficou pensativa, e eu diria, até um pouco triste. Então completei: "será que, numa cidade como o Rio de Janeiro, um forro não teria mais chances de juntar dinheiro?" Bárbara demorou um pouco para me responder mas disse: "certamente que sim, senhora, mas se ele fosse para o Rio de Janeiro, passaríamos a nos ver pouco, e, lá, ele poderia se interessar por outra e nunca mais voltar para me ver." Foi a minha deixa para contar para a escrava, pedi a Deus para ela não me interpretar mal e entregar os meus planos para quem quer que seja, afinal, ela seria a primeira e única pessoa a saber: "Bárbara e se você já se mudasse para o Rio de Janeiro comigo?" Daí ela respondeu prontamente: "mas como senhora? A senhora e José Fernandez estão pensando em se mudarem para o Rio de Janeiro?" Depois de falar isso, vi que ela mudou a fisionomia, como se tivesse entendido, pois ela sabia que jamais José Fernandez se mudaria para uma cidade como o Rio de Janeiro, afinal, ele já achava Vila Rica longe. Ficamos um pouco em silêncio e Bárbara disse: "bem que eu estava desconfiando, esse tenente não para de olhar para a senhora, a cama dele tem amanhecido muito revirada de uns dias para cá e a senhora tem acordado tarde e com a cara muito boa." Achei meio atrevimento da escrava já me acusar assim, mas, como era tudo verdade, e isso me poupou de ter que contar, não a recriminei, porém, pedi: "Bárbara, você é a primeira e será a única pessoa a quem confidenciarei isso, você deve guardar segredo até para a sua mãe, você pode fazer isso por mim?" Bárbara, que, realmente, me parecia uma pessoa de confiança, respondeu: "claro Ana! Mas não achas que devo contar para Francisco Crioulo? Ele guardará o nosso segredo e tranquilizará minha mãe quando souberem que fomos para o Rio de Janeiro. Aliás, a senhora pretende ir fugida? Vai levar o seu filho junto? E se José Fernandez resolver ir atrás da gente? Que arriscado senhora, estás mesmo decidida?"

Essa pergunta da escrava me fez entender um pouco mais a loucura que eu estava prestes a fazer, entretanto, como, depois de tudo, conseguiria ficar no meu casamento com José Fernandez? Não via vida mais ali no arraial, sentia que nada me prendia. Até mesmo o meu filho, que poderia ser um motivo, eu não via o porquê de sacrificar a minha felicidade por ele. Afinal, para ele, eu era quase como Bárbara, o que lhe interessava era ser como o pai e seguir o pai para todos os lados. Eu amava o meu filho e, certamente, sentirei a sua falta, mas não me reconhecia nele e isso, com certeza, amenizaria a minha dor. Então respondi a Bárbara: "sim, vamos fugir em duas noites e você vai comigo. Não vou levar o meu filho, pois, se o levar, José Fernandez vai atrás da gente. Bárbara, estás certa de que Francisco Crioulo não vai nos entregar?" Ela afirmou positivamente e disse que, se souberem que ele sabia do plano antes, é capaz dele sofrer muitos castigos físicos, então, logo, ele fingirá que não sabia de nada.

Combinei com Bárbara dela providenciar alimentos que não estragassem para levarmos em nossa viagem e uma bagagem pequena com seus pertences, pois não teríamos espaço para muita coisa. Quanto a mim, já tinha planejado as roupas que levaria e claro, levaria todas as minhas joias. Ainda estava na dúvida se deixaria para trás os meus talheres de prata e a minha chocolateira de cobre, objetos que meu pai havia me presenteado e que tinham muito valor. Emílio providenciaria as mulas. Bárbara pareceu bem animada com a ideia de mudar-se para o Rio Janeiro, assim como eu, ela também nunca havia deixado o arraial. Pensei em ir à casa da minha mãe mais uma vez, a fim de despedir dela sem que ela notasse, mas refleti melhor e resolvi não ir, minha mãe era muito perceptiva e era certo que desconfiaria. Primeiro, porque ela acharia estranho eu ir lá novamente em um curto espaço de tempo e, segundo, porque eu provavelmente ficaria emotiva e poderia até chorar ao me despedir. Resolvi deixar como estava.

A noite caiu, jantamos e fomos dormir. Esperei José Fernandez aprofundar-se no sono e fui para o quarto do tenente. Tínhamos muitas coisas para organizar para a fuga. Contei os planos de Bárbara com Francisco Crioulo e como a convenci a nos acompanhar. Perguntei se eu poderia levar os meus talheres de prata e a minha chocolateira de cobre, o tenente concordou, pois eram meus e, além do mais, eram itens de valor. Ele falou que já havia conseguido as mulas para a fuga e me disse que a viagem era muito cansativa e perigosa, pois tribos indígenas nômades ficavam circulando pelo Caminho Novo, com o fim de assaltarem os viajantes. Eu tinha um pouco de medo dos indígenas, tinham fama, inclusive, de comerem carne humana, mas se eu quisesse conhecer outros lugares, teria que me aventurar pelas estradas. Perguntei quanto tempo era até o Rio de Janeiro e Emílio disse que dependeria do ritmo que fôssemos, mas que ele acreditava que gastaríamos cerca de doze a treze dias. Ficamos ali, na cama dele, planejando a nossa fuga e namorando. Até que escutei um galo cantar e vi que já estava quase amanhecendo. Despedi do tenente e fui para o meu quarto. Quando entrei no meu aposento, José Fernandez acordou e me perguntou onde eu estava. Eu não esperava que ele acordasse então demorei um pouco para responder: "o senhor meu marido não me pediu para acordar junto com Bárbara? Para não desapontá-lo, fiquei a noite toda preocupada com isso e, como escutei o galo cantar, fui ver se Bárbara já havia acordado para providenciar-lhe um café da manhã com bolo de milho quentinho." José Fernandez demonstrou certa satisfação ao me ver tão obediente e querendo agradar-lhe e me chamou para deitar. Normalmente, ele não gostava muito de manhã, mas, hoje, ele acordou querendo, disse que não podia, pois queria providenciar o bolo, mas não consegui convencê-lo. Não aguentava mais aquilo com ele. Fechei os olhos e pensei na fuga enquanto ele se satisfazia.

Mesmo estando exausta, pois não havia dormido nada durante a noite, me lavei e desci para ajudar Bárbara com os preparativos do café da manhã. Dessa vez, foi o tenente que dormiu até mais tarde. Durante o café, sugeri a José Fernandez que levasse o nosso filho com ele, pois eu e a Bárbara tínhamos muito que fazer na roda de tear e não poderíamos cuidar do Antônio, como devido. Meu marido, sem parecer desconfiar de nada, disse que sim. Eu precisava dormir e, se Antônio ficasse em casa, eu não poderia, pois não sou de dormir durante o dia e ele acharia muito estranho e contaria para o seu pai. Todos saíram, com exceção do tenente que ainda dormia, e eu fui para o meu quarto dormir um pouco mais.

    Acordei com a Bárbara me chamando, pois José Fernandez poderia voltar das roças a qualquer momento para o almoço. Desci rapidamente e ele já entrava com o meu filho pela porta. Fui para a cozinha e eles foram lavar-se para a refeição. O tenente havia acordado há pouco tempo e já estava sentado esperando o almoço. O meu marido desceu e todos nós sentamos. Bárbara serviu a mesa e, como de costume, eu fiquei calada escutando as conversas. Na verdade, eu estava era muito ansiosa para a fuga, inclusive, percebi uma certa desconfiança de meu marido quando ele perguntou ao tenente se ele havia pegado a minha doença do sono, pois também estava dormindo muito. Vi que Emílio não gostou do comentário, mas despistou, dizendo que estava aproveitando a calmaria do seu trabalho. Acho que José Fernandez já estava cansado da presença do primo em nossa casa, pois não o tratava tão bem mais, não lhe oferecia aguardente em todas a refeições e muito menos tabaco.

    José Fernandez se recolheu para a cama e eu fui para o tear, para não levantar mais suspeitas. Bárbara, assim que terminou na cozinha, foi a meu encontro. A escrava também estava achando que José Fernandez poderia descobrir o que planjamos, pois a rotina da casa havia mudado e ele era homem esperto. Concordei com Bárbara e disse que falaria para o tenente para anteciparmos a fuga, combinamos que ela iria, assim que José Fernandez saísse, ao encontro de Francisco Crioulo contar-lhe sobre os nossos planos.

José Fernandez acordou e saiu novamente, desta vez ele não levou o nosso filho, pois Antônio ainda dormia. Aproveitei e fui para os aposentos do tenente e disse que deveríamos fugir naquela noite mesmo, pois se ficássemos mais uma noite, corríamos o risco de José Fernandez fazer algo que acabasse nos impedindo. O tenente refletiu sobre a organização da fuga e disse que era possível sim, que sairia agora à tarde para resolver as pendências. Combinamos que, assim que o meu marido aprofundasse no sono, eu desceria, para me encontrar com ele e Bárbara, e fugiríamos. Separei as coisas que levaria e já as deixei escondidas na cozinha.

O meu filho acordou e resolvi ficar com ele para me despedir. Perguntei sobre o que ele fazia quando ia com o pai para as roças. Ele me contou um tanto de coisas. Eu disse que ele se parecia muito com o pai e ele me agradeceu. Será que se eu tivesse falado que ele se parecia muito comigo ele teria chorado? Enfim, continuei a conversa, disse que não importava o que viesse a acontecer, era para ele lembrar que a mãe dele o amava muito. Ele me olhou com uma cara estranha quando falei isso, logo disse que ia brincar do lado de fora da casa. Dei-lhe um beijo carinhoso na bochecha e ele saiu. Como já tinha preparado tudo para a minha fuga, aproveitei o silêncio da casa e fui para a varanda ler um pouco, para ver se me acalmava, estava muito ansiosa com a iminência de deixar o arraial para sempre. Agora não pensava mais se estava fazendo certo ou errado em fugir, a única coisa que queria era que desse certo e que chegássemos logo, e em segurança, ao Rio de Janeiro. Fiquei com um pouco de medo dos perigos da estrada, mas, se eu não me arriscasse, ficaria a vida toda presa a este arraial. Além do mais, Emílio conhece os caminhos e saberá nos defender. Esses pensamentos me acalmaram, li umas páginas e adormeci na cadeira da varanda. Fui acordada por Bárbara, que havia acabado de voltar de seu encontro com Francisco Crioulo. Perguntei se deu tudo certo com ele, daí, ela me perguntou: "Ana, vamos fazer tudo como a senhora pediu, mas você me dá a sua palavra que, quando Francisco tiver dinheiro suficiente para comprar a minha liberdade, você me vende?" Certamente, o crioulo havia lhe orientado a fazer isso. Mas era justo que eu desse a minha palavra antes da fuga, então afirmei que sim, que a venderia. Ordenei que ela deixasse tudo pronto e que me esperasse na cozinha à noite, pois eu desceria assim que José Fernandez aprofundasse no sono.

Depois de tudo combinado, fui ajudar Bárbara com os preparativos para o jantar, pois ela estava com muitos afazeres e poderia se atrasar para servir. Durante o jantar, o clima estava um pouco tenso e me pareceu, que meu marido percebeu algo pois de súbito ofereceu aguardente para o tenente, que a recusou. José Fernandez olhou com uma cara desconfiada e disse: "mas meu primo você nunca recusou uma bebida durante o jantar?" Pensei: o tenente deveria ter aceitado, mas, provavelmente, não aceitou, porque em poucas horas teremos que pegar estrada e durante a noite, certamente, não deve ser tarefa fácil acertar os caminhos. Mas, para agradar José Fernandez o tenente respondeu: "verdade meu primo, que mal faz beber apenas uma antes de dormir." José Fernandez então perguntou: "e Catharina tenente? Soube que você não foi ao encontro do pai da moça para organizar o noivado. Saibas que moça assim tão bem dotada está difícil de se encontrar." O tenente, sabiamente, concordou com o meu marido: "você tem razão primo, amanhã mesmo vou a casa dela conversar com o seu pai. Às vezes, ele permite que ela viva comigo no Rio de Janeiro." José Fernandez, para a minha surpresa, disse: "certamente que sim. Que pai não quer arrumar um casamento com um tenente para filha? E que moça não quer conhecer outras bandas? Ainda mais se tratando do Rio de Janeiro, já estive lá algumas vezes e achei tudo muito bonito e diferente da vida que se leva no arraial, mas, para ser sincero, não gosto de cidades grandes, gosto da minha vida aqui com Ana e meu filho." Se o meu marido sabe que toda moça quer conhecer outros lugares, por que ele nunca me fez a vontade e me levou ao menos a Vila Rica? Escutar aquilo me fez sentir até raiva, mas fiquei calada e continuei escutando as conversas, fingindo que não escutava, provavelmente, o meu marido devia achar que eu não entendia o que falavam. Por um lado, queria ver a cara dele de surpresa, quando percebesse amanhã que eu não sou tão boba e submissa como ele imagina. Para minha sorte, já estarei longe quando ele acordar.

Após o jantar, fui colocar o meu filho para dormir e dei-lhe mais beijos que de costume, até ele falar: "para mamãe! Não gosto de muitos beijos." Desejei-lhe boa noite e fui em direção ao meu quarto. Fiquei com uma sensação de perda muito ruim, certamente, porque, dificilmente, o veria novamente. Será mesmo que estou fazendo o certo? Será que não deveria ficar e insistir na minha relação com o meu filho? Mas, ao mesmo tempo, sentia que ele somente tinha olhos para o pai, que ele, rapidamente, se acostumaria com a minha ausência, além do mais, não tenho mais estrutura na minha cabeça para voltar atrás em minha decisão.

Abri a porta do quarto e fui me trocar. Como José Fernandez havia se satisfeito pela manhã, imaginei que ele não iria querer nada comigo esta noite. Deitei e, em seguida, ele deitou ao meu lado com aquele corpo pesado e cheirando a bebida. Que alívio vai ser não ter mais que dividir a cama com ele, acho que eu vou até dormir melhor. Poucos minutos após deitar-se, ele caiu no sono. Esperei mais para ter certeza que não acordaria e ele começou a roncar, parecia mesmo que estava em sono profundo. Levantei vagarosamente e desci. Encontrei Bárbara na cozinha e ela me disse que Emílio já estava organizando as coisas nas mulas. Levamos mais um lampião e fomos ao encontro dele. Não sei se por coincidência, ou se estava nos planos do tenente, mas era noite de lua cheia e isso facilitaria muito a nossa viagem à noite. Quando eu e Bárbara chegamos, o tenente me deu um beijo e me perguntou se eu estava certa do que estava prestes a fazer. Como desistiria naquele momento? Não tinha mais volta, minha cabeça não suportaria mais viver em Bonfim ao lado de José Fernandez. Respondi: "estou muito certa de que é isso que devo fazer, por quê? O senhor tem dúvidas agora?" Ao perguntar isso me senti empalidecer, tinha medo da resposta do tenente, mas, para meu alívio, ele disse: "dúvida nenhuma." Montamos e seguimos fazendo o máximo de silêncio possível até atravessar todo o arraial.

O tenente havia nos alertado que a estrada era dura, gastaríamos muitos dias até chegar ao Rio de Janeiro e que dormiríamos em ranchos de passageiros existentes em fazendas, que ficam ao longo do caminho. O ideal era, no primeiro dia, conseguirmos chegar até o Arraial de Borda do Campo, onde passaríamos a noite. Lá já estaríamos bem longe de Bonfim, caso alguém resolvesse ir em nossa busca. Segundo Emílio, para a nossa sorte, as chuvas não haviam chegado, pois a estrada torna-se ainda mais difícil devido aos atoleiros.

A noite estava linda e, devido à lua cheia, conseguíamos ver o caminho. Seguíamos em silêncio, por um bom tempo, cada um com seus pensamentos e expectativas sobre a nova vida. Embora eu não quisesse nem imaginar como seria no dia seguinte, quando José Fernandez notasse a nossa fuga, esse pensamento voltava a todo tempo à minha cabeça. Por um lado, mesmo José Fernandez não tendo tido a sensibilidade de perceber a minha infelicidade no casamento, eu sentia agora uma certa pena dele. Será que ele sofreria por causa da minha ausência ou devido a humilhação de encarar os seus amigos após ter sido largado e trocado por outro homem, que inclusive era seu primo e que lhe traíra debaixo de seu teto? Às vezes, sofreria por causa dos dois. A fim de mudar o pensamento, eu passei a acreditar que isso não me dizia respeito mais, que seria uma página virada. Então, vinha a lembrança de minha mãe, dela sim eu sentiria falta e, certamente, ela sentiria também a minha. Será que, quando ela soubesse de meu paradeiro, ela iria me visitar? Ou ficaria com tanta vergonha de mim que se recusaria? Meu pai e meus irmãos, com certeza, jamais me perdoariam. Triste ter que abandonar a todos para ser feliz.

O dia começou a amanhecer e resolvemos parar para comer um dos quitutes que Bárbara havia trazido. Achamos um lugar, que, de certa forma, parecia mais confortável, amarramos os burros e sentamos. Eu já me sentia muito cansada, não estava acostumada a longas jornadas, mas, como ainda tínhamos que percorrer um longo caminho, fiquei calada. Comemos vendo o sol despontar no horizonte e um certo sentimento de alegria invadiu-me, acredito que devido a expectativa da vida nova ao lado do homem que eu amava. Sentia-me até uma pouco eufórica, o que me fez esquecer do cansaço físico. Emílio disse que não poderíamos passar muito tempo ali, que deveríamos partir o quanto antes, eu e Bárbara organizamos as comidas, montamos e partimos.

No final do dia, chegamos a Borda do Campo onde dormiríamos. Estávamos exaustos e Emílio disse para mim e para Bárbara que fomos muito valentes. Embora a valentia não era considerada uma virtude apreciável nas mulheres, eu considerei o comentário como um elogio. O lugar que dormiríamos parecia muito bom e Emílio logo nos alertou que, naquela parada, encontraríamos a melhor acomodação e que nos preparássemos, pois as demais não seriam tão boas. O tenente disse também, que a estrada, na divisa com o Rio de Janeiro, era de mata fechada e muito perigosa, pois vez ou outra, tribos de índios nômades, que viviam por aquelas bandas, atacavam e saqueavam os passantes. Fiquei um pouco assustada com a lembrança, mas me acalmou pensar que várias pessoas passam diariamente por ali, haja vista a quantidade de viajantes que estavam chegando para passarem a noite na paragem onde estávamos, e por que os índios resolveriam atacar justamente na hora que lá estivéssemos? Além do mais, o tenente saberia nos defender. Tudo que eu queria agora era me refrescar, um prato de comida e deitar o meu corpo em uma cama, e foi o que fizemos.

No dia seguinte, acordamos cedo, tomamos um café da manhã reforçado e fomos ao encontro de nossas mulas. Na hora que subi em minha montaria, meu corpo doeu muito, mas fiquei calada e logo que voltamos a estrada, parece que a dor sumiu ou que eu havia me acostumado com ela. Nos dias seguintes, a nossa vida foi a mesma, seguir o caminho, parar poucas vezes para nos alimentar e, no final do dia, parar em algum povoado para nos refrescar, comer e dormir. Os lugares que paramos para dormir até chegar ao Rio de Janeiro foram: Manuel Correia, Tomé Correia, Antônio de Araújo, Matias Barbosa, Simão Pereira, Rio Paraibuna, Alferes, Marcos Costa, Frios, Manuel Couto, Tomé Correia, Irajá, Nóbrega e Manuel do Couto. Mesmo tendo sido um trajeto cansativo, comecei a saciar a minha vontade de conhecer outras localidades.

## Capítulo 4 – O Rio de Janeiro

Quando chegamos ao nosso destino, eu estava com dores por todo o corpo e, inclusive, entre as minhas pernas havia uma ferida. Mas a dor nem me incomodava, pois eu estava tão empolgada por chegar à capital do Brasil, que queria devorar com os meus olhos tudo o que via ao meu redor. Além de nunca ter visto aquele tanto de gente ao mesmo tempo passando pelas ruas, eu nunca havia visto o mar. Como é lindo e infinito! Uma alegria me invadiu por estar ali e a expectativa da vida nova me fez esquecer, por um tempo, o que havia deixado para trás. Chegamos à casa do tenente. Era uma casa de dois andares com um pátio no fundo, onde havia um espaço para uma horta, mas sem nada plantado, um galinheiro sem galinhas e beijinhos floresciam encostados ao muro da casa. Uma moradia simples, se comparada à casa em que eu vivia, mas que poderia se tornar um lugar mais aconchegante. O tenente logo disse: "a casa está assim, porque vivo mais na estrada do que aqui." Olhei para Bárbara e respondi: "nada que eu e Bárbara não consigamos organizar em poucos dias."

Abrimos as janelas para tirar o cheiro de mofo, o tenente mostrou à escrava onde seria a sua acomodação e me levou para o nosso quarto. Ele, mesmo sujo, se jogou na cama e me chamou para deitar com ele. Estava querendo organizar as coisas, me lavar primeiro, mas ele foi muito incisivo e eu também não queria desagradá-lo logo no nosso primeiro dia na nossa nova vida. Deitei com ele e logo ele foi me levantando a roupa. Estava com muitas dores pelo corpo e a ferida entre as pernas doía demais para aproveitar daquela vez, então, não me incomodei que somente ele se satisfizesse. Fiquei ali um pouco deitada, reparei que do quarto dava para escutar muitos barulhos de pessoas falando ou cavalos e charretes que passava pela rua. Próximo à casa do tenente, havia um chafariz de pedra, o que deveria colaborar ainda mais para a agitação que ouvíamos.

Emílio caiu no sono, eu estava com muitos pensamentos para conseguir dormir, então levantei, dei uma refrescada, coloquei uma roupa limpa e desci. Bárbara já havia achado um lugar para os objetos que havíamos trazidos e estava se inteirando do que tinha na cozinha. Logo que me viu a escrava disse que teríamos que comprar algumas panelas e utensílios. Pedi para ela me acompanhar para comprarmos alguns mantimentos. Eu tinha algum dinheiro comigo, pois trouxe o dinheiro que José Fernandez deixava para as compras da casa. Quando saímos, eu e Bárbara nem conversámos uma com a outra, somente olhávamos o movimento da rua. Encontramos uma mercearia de secos e molhados, ficamos impressionadas com os preços, eram bem mais caros do que no arraial, mas, também, as mercadorias daqui vinham de lá e, não devia ser tarefa fácil, para os tropeiros trazerem pela estrada os alimentos. Compramos alguns mantimentos e voltamos para casa, Emílio ainda estava dormindo, eu e Bárbara comemos e, agora, eu sentia o cansaço e o sono tomarem conta do meu corpo. Bárbara foi buscar água no chafariz e eu fui para o quarto. Acordei quando anoitecia, Emílio já não estava mais ao meu lado, olhei para os lados para me familiarizar com o quarto novo e comecei a pensar no que deveriam estar falando de mim em Bonfim, certamente, eu nunca mais poderia voltar para o arraial, meu nome devia estar na boca do povo. José Fernandez, provavelmente, sentia muita raiva de mim, e o que será que passaria na cabeça de meu filho? Será que, por algum momento, eles pensaram que eu era infeliz vivendo ao lado deles? Será que José Fernandez entenderia que ele nunca fez nada para eu gostar da vida ao seu lado? Eu deveria mudar o pensamento, não vale a pena pensar nisso agora, vim em busca da minha felicidade, viver a vida com o homem que escolhi e eles nunca entenderiam isso.

 Desci e encontrei Bárbara na cozinha, ela já dominava o fogão à lenha e tudo por ali. Ela estava com a fisionomia boa, daí perguntei: "você acha que fizemos o certo em ter saído desta forma do arraial Bárbara?" Ela mudou a expressão quando eu disse isso, e logo respondeu: "de que vale pensar nisso agora senhora? Melhor nos adaptarmos à nossa vida aqui." Embora fosse uma escrava, Bárbara havia se tornado a pessoa com quem eu poderia compartilhar as minhas incertezas, e eu gostava de estar ao lado dela, a sua segurança me confortava. Perguntei por Emílio e ela disse que ele havia saído e que não falou onde ia.

 Fui dar uma volta pela casa para me inteirar do que havia. Não achei nenhum piano ou uma estante de livros. Devido ao peso, não pude trazer nenhum dos meus exemplares. Fui ao meu quarto ajeitar as poucas roupas que havia trazido comigo, peguei as joias e as escondi dentro do armário. Desci para ajudar Bárbara a terminar o jantar, colocamos a mesa, mas, como o tenente não chegava, resolvi jantar sem ele mesmo, pedi à Bárbara para sentar-se comigo, pois não queria comer sozinha. Através da fisionomia da escrava, percebi que ela achou meio estranho, mas, depois desta longa viagem, ficamos ainda mais próximas e não tinha por que ela não se sentir à vontade comigo. Ajudei Bárbara a retirar a mesa, arrumamos a cozinha e fomos para os nossos quartos e nada de notícias de Emílio. Será que havia acontecido alguma coisa? Enfim, não havia o que fazer a não ser esperar. Deitei na cama e, para minha surpresa, senti um sono gostoso. Como havia dormido quase que a tarde toda não o esperava, ainda assim, o sono estava ali. Acordei no meio da noite com Emílio entrando no quarto, assustada logo perguntei: "o que aconteceu que você sumiu deste jeito? Para onde você foi?" Ele não gostou muito do meu interrogatório, pois fez uma cara de bravo e logo reparei que ele devia ter exagerado na bebida, pois estava falando mole e exalava um cheiro forte de álcool, então ele respondeu: "Ana, agora eu sou o seu marido e não devo te dar satisfação do que eu faço, ou de onde eu vou." Tomei um susto quando ele me respondeu daquela forma, pois o tenente nunca havia sido grosseiro comigo. Ele mal tirou a roupa e deitou-se ao meu lado e sem a gentileza e o carinho de costume, ele logo me puxou, levantou a minha camisola e me exigiu que cumprisse os meus deveres de esposa. Fui me lavar e não entendi como alguém poderia mudar daquela forma, será que foi por causa da bebida? Estava muito cansada para ficar ali insone, refletindo sobre o ocorrido, então, logo em seguida, dormi novamente.

No dia seguinte, um enjoo me acordou, achei estranho, mas pensei que devia ser por causa de algo que havia comido no jantar. Emílio já havia se levantado, então me lembrei da noite anterior com certa preocupação, mas devia ser por causa da bebida que ele havia mudado o seu comportamento. Desci, e Bárbara já havia preparado a mesa do café, Emílio estava ali sentado, já uniformizado e comendo. Ele me cumprimentou e eu olhei bem no olho dele e disse bom dia, mas olhei como se o desconhecesse, queria que ele falasse algo sobre a noite anterior, mas ele ficou calado. Quando terminou o café, ele me informou que tinha que ir trabalhar e que voltaria no final do dia, mostrou para Bárbara como ela deveria cuidar de seus uniformes e como gostava que fossem passados e saiu.

Ajudei Bárbara a tirar a mesa e pedi para ela se arrumar pois sairíamos, uma vez que havia decidido dar uma volta pela cidade. As ruas da capital eram muito agitadas, não se comparavam às do arraial. Eu e Bárbara marcamos bem onde morávamos e fomos em direção à rua Direita, eu queria muito conhecer a Real Biblioteca inaugurada por D. João VI. Quando entrei no prédio da biblioteca, logo me inteirei que, quando o Rei retornou para Portugal, ele levou consigo uma parte significativa do acervo, mas, mesmo assim, a Biblioteca ainda contava com diversos exemplares. Era um silêncio lá dentro; o único barulho que se escutava era das poucas pessoas que estavam lá folheando os seus livros. Eu nunca tinha ido a uma biblioteca e muito menos visto tanto livros reunidos. Por mim, eu ficaria ali por horas. Coitada da Bárbara que não sabia ler, ela me pareceu encantada também ao ver aquele mundaréu de livros, mas logo me pediu para ficar do lado de fora me esperando, acho que ela não era muito bem-vinda ali dentro. Compreendi a sua demanda e permiti, afinal, ela não entendia o que era a sensação de ler um livro, de se prender a uma trama, de ficar com a sensação da história que se está lendo durante o dia, de viver mais vidas enquanto se lê sobre a vida de outros. Eu deveria ensinar-lhe a ler, mas será que ela quer?

Fiquei por lá por um bom tempo folheando alguns livros. Ficar ali me dava uma tranquilidade, me levava para outro mundo, me deixava feliz. Senti o enjoo novamente e resolvi ir embora. Saí e logo avistei Bárbara, próximo de onde ela estava havia uma loja que vendia livros, resolvi comprar um exemplar. Comprei e fomos em direção ao mar, havíamos visto tão rapidamente quando chegamos, por isso queríamos ficar mais um pouco lá perto, observando-o. O barulho do mar, das ondas é muito forte, mas o engraçado é que não é um barulho que incomoda, ao contrário, é um barulho tranquilizador. O mar parecia, muito distante, acabar nas nuvens. Mas eu sabia que chegaria até a Europa. Que medo deve dar entrar em um navio e enfrentar o mar. Bárbara me disse que a mãe dela veio do outro lado do oceano, onde era a casa dela, e que sofreu muito dentro do navio até chegar ao Brasil, que a comida era escassa, que as pessoas enjoavam muito e vomitavam o pouco que comiam. Ela contou também que muitos negros haviam morrido na travessia e que algumas mulheres deram a luz aos seus filhos dentro do navio, inclusive, uma havia falecido logo após o parto. Por sorte, o seu filho foi cuidado por outras mães negras. Bárbara sempre me contava umas historias muito tristes sobre a escravidão, como deve ser sofrido ser escravo, mas Deus quis assim e quem sou eu para questionar, o máximo que eu podia fazer era não deixar que torturassem a minha única escrava. Ficamos ali por um tempo, em silêncio, observando o bater das ondas, eu tentava não pensar em nada, queria desviar o pensamento das pessoas que deixei para trás em Bonfim e, pela fisionomia de Bárbara, provavelmente, ela devia estar a imaginar o que a sua mãe havia passado. Como o enjoo voltou, chamei a escrava para retornarmos à casa, às vezes era por que a hora do almoço se aproximava e meu estômago precisava de comida.

Chagamos e, ao entrar na casa de Emílio, agora minha também, concluí que havia muito o que fazer para ela ficar mais confortável e limpa. Bárbara, com sua habilidade, acendeu rapidamente o fogo, eu disse que não precisava cozinhar nada novo, esquentaríamos o que sobrou do jantar para não perder tempo, pois tínhamos muito o que fazer na casa e Bárbara ainda teria que sair para lavar o uniforme do tenente e me ajudar com os outros afazeres. Queria que ela plantasse logo as suas ervas, elas me eram muito úteis. Almoçamos rapidamente, e, ao comer, parecia que o enjoo acalmava. Bárbara foi cuidar das roupas de Emílio, aproveitei e dei as minhas roupas sujas e fui para o pátio no fundo da casa, retirar o mato e ajeitar a terra para a nossa horta. Precisávamos descobrir onde vendiam as mudas das ervas, couve e outras hortaliças para plantarmos ali. Esse tipo de alimento era muito caro na capital e, ao mesmo tempo, fáceis de cultivar em casa. Fiquei ali entretida e logo chegou Bárbara com as roupas para serem penduradas. Não havia uma corda direito para amarrar, improvisamos o varal, e Bárbara veio me ajudar a preparar a terra. Senti o enjoo por mais algumas vezes, teve uma hora que, inclusive, achei que vomitaria, mas era só uma sensação mesmo.

O sol baixou e entramos. Bárbara foi providenciar a comida para o jantar e eu fui fechar as janelas para que os mosquitos não entrassem, aproveitei e dei uma organizada no meu quarto. Havia pegado umas flores de beijinhos, que nasciam encostados ao muro para colocar em um jarrinho que havia no quarto. Aquelas flores, mesmo simples, me alegravam. Escutei o barulho de Emílio chegando e desci. Estava com vontade de vê-lo, mas não queria aquele Emílio grosseiro de ontem, queria o Emílio por quem eu havia me apaixonado. Desci e o encontrei na sala retirando os sapatos. Perguntei como foi o seu dia e ele me respondeu que cansativo, e que temia ter que sair em viagem novamente. Fiquei triste quando ele disse isso, não queria me separar dele, nem que fosse por um período curto.

Bárbara veio avisar que o jantar já estava pronto, Emílio foi se lavar e eu o esperei sentada à mesa. Bárbara nos serviu e voltou para a cozinha. Emílio me perguntou o que eu havia feito durante o dia, contei-lhe que havia ido à biblioteca, que vimos o mar e que passamos a tarde cuidando da roupa e organizando o pátio. Falei da nossa intenção de plantar umas hortaliças e ele disse que era uma boa ideia e que conseguiríamos as sementes na venda. Emílio sugeriu também, que reativássemos o galinheiro, que havia parte da estrutura, no canto do pátio. Eu disse que, para isso, precisaríamos de sua ajuda. Ficamos ali conversando sobre as melhorias da casa, achei melhor não falar nada sobre a noite anterior. Terminamos de jantar e subimos. Emílio fumou um tabaco no balcão, olhando para o movimento da rua, eu fui me lavar e trocar de roupa. Era uma noite quente, então, deixamos a janela aberta e colocamos o mosquiteiro na cama. Deitei e Emílio veio logo em seguida. Aproximei o meu corpo do dele e ele logo me puxou para perto, ficamos ali aproveitando a fresca que vinha da janela e falando sobre amenidades, eu gostava muito de estar do lado dele, agora ele voltou a ser o homem por quem eu havia me apaixonado e isso me tranquilizou o coração. Dessa vez, quando ele começou a mexer no meu corpo, eu queria. Ele foi carinhoso, me beijava e fazia carinhos ao mesmo tempo, coisas que, ao final, me fizeram ter aquela sensação que, desde Bonfim, eu não sentia mais. Depois que ele terminou, não quis levantar para me lavar, meu corpo estava muito relaxado, daí fiquei ali deitada com ele por um tempo, ele dormiu e eu levantei, me lavei e, em seguida, estava dormindo também.

No dia seguinte, acordei com o enjoo novamente e com o barulho de Emílio terminando de colocar o uniforme, ele me perguntou se Bárbara havia lavado os uniformes que ele havia pedido, eu disse que sim. Ele me pediu para garantir que ela os passasse hoje, pois precisava com certa urgência. Levantei, troquei de roupa e desci. Bárbara já havia servido o café para Emílio, parecia que ele estava com pressa. Antes de ir, ele deixou algum dinheiro comigo para que eu comprasse os mantimentos, me deu um beijo e foi para o trabalho.

Ajudei Bárbara a tirar a mesa e a organizar a cozinha. Disse que ela deveria passar o uniforme de Emílio hoje. Ela falou que o faria na parte da tarde. Ainda bem que era um dia ensolarado e que a roupa certamente secaria durante a manhã. Pedi para que ela fosse comigo à venda comprar os mantimentos. Vimos o que estava faltando e fomos em seguida. Enquanto caminhávamos na rua, senti novamente o enjoo. Meu Deus! O que será aquilo? Já não deveria ser mais o que eu havia comido. Chegamos à venda, como era bom não encontrar vários conhecidos quando se sai à rua. Ali víamos muita gente, mas todos desconhecidos. Perguntei para o vendedor como poderíamos conseguir algumas sementes e ele me perguntou de quais plantas eu queria. Eu disse das hortaliças próprias de uma horta pequena, mas não falei nada sobre as ervas de Bárbara, tinha medo de não ser muito bem visto. Ele ficou de providenciar as sementes para o dia seguinte. Quando deixei a venda, perguntei à Bárbara como faríamos para conseguir as mudas e sementes das plantas que ela gostava de cultivar e que me eram tão úteis. Ela me disse que não me preocupasse, que no dia seguinte, quando ela fosse no chafariz buscar água, pediria para uma escrava que lhe parecia ter tal conhecimento.

## Capítulo 5 – Os enjoos

Voltamos para casa, ajeitamos as compras e preparamos algo para comer. Após o almoço, Bárbara foi passar as roupas do tenente e eu fui ler o meu livro. Sentei confortavelmente no pátio e, já na segunda página, me deu um sono que, quando dei por mim, já havia cochilado por alguns instantes. Acordei com aqueles enjoos que não me deixavam mais. Daí, fui até Bárbara falar sobre eles, às vezes ela teria alguma sugestão de alimento, ou mesmo alguma erva fácil de ser encontrada para que eu parasse de senti-los. Mas era estranho por que eu enjoava mas não vomitava. Encontrei Bárbara passando o uniforme, não devia ser tarefa fácil passar roupa com aquele ferro a brasa naquele calor do Rio de Janeiro, tarefa essa que, graças a Deus, eu nunca tive que fazer.

    Comecei dizendo que não estava me sentindo bem, que tinha muito sono, mas que eu imaginava que seria devido à longa viagem e que, depois, começaram os enjoos sem vômito e que, como estão durando mais de um dia, não era possível que fosse algo que eu havia comido. Bárbara parou imediatamente de passar, me olhou e disse: "a senhora está grávida, Ana!" Será que eu estava mesmo? Fazia sentido, estranho que, quando engravidei pela primeira vez, eu sentia os enjoos e vomitava e desta vez não. Disse isso para a escrava e ela falou que as gravidezes não são iguais. Deixei a escrava lá e voltei para a varanda. Num primeiro momento, eu fiquei feliz de ter engravidado do tenente, mas, então, me veio a dúvida: e se não fosse dele e sim de José Fernandez? Nesse momento, eu comecei a chorar: por que uma gravidez, justo agora? Acabava de deixar todos os meus familiares e amigas para trás, não havia mais volta e eu poderia ser, inclusive, cruelmente castigada se retornasse. O padre jamais aceitaria que eu frequentasse a Igreja. Enquanto que aqui, na capital, ninguém me conhece e Emílio disse que nos casamos no interior da capitania de Minas Gerais, dificilmente, alguém se interessaria por verificar essa informação.

    Mas, se eu estiver grávida mesmo, como vou fazer sem minha mãe para me ajudar em tudo que a gravidez demanda? E se Emílio duvidar que o filho fosse dele? Ele também não tem familiares aqui na capital que poderiam nos ajudar. Eu somente tenho a Bárbara, aliás, como fui feliz em trazê-la comigo.

O meu sentimento de alegria por estar ali fazendo, pelo menos uma vez na minha vida, o que eu escolhi foi embora na hora que constatei que eu poderia estar presa a uma gravidez. Só de pensar nisso, chorava ainda mais. E se não fosse verdade? Eu realmente estava com as regras atrasadas, mas deveria esperar mais um pouco, pois, vez ou outra, costumavam atrasar mesmo. Pensar que a gravidez poderia ser um alarme falso me tranquilizou. Fui ao encontro de Bárbara novamente e lhe disse que deveria ser coincidência os enjoos, que, provavelmente, eram devido à mudança de clima. Embora eu soubesse que jamais Bárbara faria qualquer comentário com Emílio, para garantir, pedi a ela segredo sobre a suspeita com o tenente.

A noite caiu e fui ajudar Bárbara com os preparativos do jantar. Ela me perguntou se os enjoos haviam passado, disse que, durante a noite, não os sentia, então ela me olhou com uma cara de desconfiança. Não quis estender o assunto, pois já haviam horas que eu estava segurando o choro para não ficar com os olhos inchados e levantar qualquer suspeita com o tenente. Emílio chegou e o primeiro que perguntou foi se Bárbara havia passado os uniformes, disse que sim e que já estavam no armário do quarto. Daí ele foi se lavar e desceu para jantar.

Emílio pegou uma garrafa de vinho no armário e pediu a Bárbara duas taças, eu gostava de beber vez ou outra e achava mesmo que combinava com a comida tomar um vinho, além do mais, depois da preocupação durante o dia, era capaz que me fizesse bem. O tenente me contou sobre a tensão que estavam vivendo no quartel, devido à permanência do filho do Rei. Os portugueses queriam que ele voltasse imediatamente, e ele se recusava. O exército estava dividido, uns apoiavam o seu retorno e outros não. Perguntei o que ele pensava a respeito, pois ele era português e, pelo o que ele havia me contado, os soldados portugueses apoiavam o retorno do príncipe para Portugal. Ele disse que não apoiava, que ele, assim como o príncipe, gostava da vida no Brasil e não queria retornar para a metrópole. Essa fala me deu um certo alívio, pois, e se ele retornasse sem mim? Ou mesmo, se ele quisesse me levar, não sei se agora eu teria coragem para encarar a travessia do oceano. Continuamos a beber e a conversar sobre as questões do Império, na verdade, era mais Emílio falando sobre as suas preocupações do que eu mesmo dando a minha opinião. Desde criança, ouvia meu pai falar que o homem é dotado de inteligência e que as mulheres não, por isso, devíamos ficar caladas nas conversas de homens. Mas eu sentia que entendia perfeitamente o que estava se passando com a colônia. Em minha opinião, com a inevitável abertura dos portos brasileiros, logo que D. João havia chegado ao Brasil, graças a ocupação de Portugal pelas tropas napoleônicas, a colônia deixara de depender de Portugal em suas transações comerciais. E as nações amigas começaram a comercializar diretamente com o Brasil, o que foi muito bom para os comerciantes brasileiros e para as outras nações, pois podiam vender diretamente com a colônia. Agora, Portugal queria que tudo voltasse a ser como antes. Mas isso não era possível mais, os comerciantes brasileiros já se acostumaram com isso e, se eles insistissem, corriam o risco de perder o Brasil como colônia, assim como vem ocorrendo em outras partes.

Como eu era boa ouvinte, eu sabia de muitas coisas, mas, na frente dos homens, eu ficava calada, como meu pai havia me ensinado. Até que eu sentia que o tenente me dava uma certa licença para expor a minha opinião. Emílio continuou com suas indagações. Enquanto que eu tomei uma taça e meia de vinho, ele bebeu todo o restante. Fomos para o nosso quarto e o tenente em seguida caiu no sono. Eu ainda demorei para dormir, fiquei pensando em como faria caso realmente estivesse grávida, mas resolvi deixar passar um tempo para ter realmente certeza.

Depois de dois meses os enjoos já haviam passado, mas não havia nenhum sinal de que as regras desceriam, e os meus seios ficaram grandes e doloridos. Eu e Bárbara já havíamos montado a nossa horta de ervas e de alguns alimentos. Emílio havia nos ajudado com o galinheiro e já tínhamos algumas galinhas e um galo. Embora, vez ou outra, Emílio fosse um pouco agressivo comigo. Parecia-me, também, que Bárbara tinha um certo medo dele, eu gostava da minha vida ao seu lado, eu sentia que o amava. Depois que o tenente saiu para trabalhar, fui ao encontro de Bárbara na cozinha e disse sobre os sintomas que estava sentindo, por que, desde que lhe pedi segredo sobre a minha desconfiança, não conversei mais sobre isso com ela. Ela me disse que, em sua opinião, não havia dúvidas de que eu estava grávida.

Eu havia desviado este pensamento durante este tempo todo e, quando ela me disse isso, não contive o choro — chorei tanto que ela pegou em minha mão e me disse: "qual o problema Ana? Um filho é sempre bom e tenho certeza que o tenente vai gostar da notícia." Mesmo com as palavras confortantes de Bárbara, eu não conseguia controlar o meu desespero de passar por uma gravidez novamente e, vendo-me aos prantos, a escrava emendou: "a não ser que a senhora não tenha certeza de quem é o pai?" Realmente, o motivo do meu choro excessivo era essa dúvida, mas ela deveria ser uma incerteza somente minha, nem com Bárbara, que havia se tornado muito mais do que uma escrava de confiança para mim, eu poderia compartilhar essa incerteza, então, enxuguei as lágrimas e disse prontamente, com certa aspereza: "eu tenho certeza que o filho é de Emílio, Bárbara. Choro por que não sei se dou conta de uma gravidez longe de minha mãe." Bárbara me disse que eu não me preocupasse, que ela me ajudaria em tudo. Resolvi me acalmar e ir até a biblioteca, lá sentia paz e, estar ali, poderia me ajudar a achar as palavras adequadas para usar na hora de contar para o tenente. Antes de sair, pedi para Bárbara caprichar no jantar.

Eu gostava de passear pelas ruas da capital, cheguei até a biblioteca, fiquei lá por um tempo e depois fui até a beira mar. Os meus pensamentos foram se acalmando e resolvi que em nenhum momento eu deveria mostrar, para ninguém, alguma incerteza com relação a quem era o pai de meu filho. Mas, se ele nascesse parecido com José Fernandez? Não era possível que Deus me castigaria desta forma por ter cometido o crime de adultério? Sim, era possível. Mas, mesmo assim, eu resolvi não me prender nisso e contar para Emílio a notícia, como se eu estivesse muito feliz por estar carregando um filho dele. Já estava perto de anoitecer, então me apressei e voltei para casa. Enquanto Bárbara terminava de preparar o jantar, fui me lavar. Resolvi colocar um vestido bonito e umas joias para dar importância àquele momento. Desci e logo que terminamos de colocar a mesa, Emílio chegou. Ele me olhou e perguntou: por que você está arrumada assim? Disse que tinha uma ótima notícia para lhe dar. Ele me olhou desconfiado, foi trocar-se e em seguida desceu. Pedi para ele abrir uma garrafa de vinho. Bárbara serviu o jantar e retirou-se para a cozinha. Depois que ele havia tomando uma taça, eu resolvi contar: "Emílio, você sabe que eu o amo muito, tanto que deixei minha família para trás para viver a vida com você. E parece que Deus entendeu o nosso amor e resolveu nos contemplar com a graça de um filho." Daí ele me interrompeu e disse: "Como assim um filho? Você está grávida?" Afirmei positivamente com a cabeça e dei um sorriso ao mesmo tempo, pois queria mostrar alegria ao dar a notícia." Ele fez uma cara de assustado, mas, em seguida, levantou-se e veio ao meu encontro. Eu me levantei e ele me abraçou e me beijou. Que alívio que senti, ele ficou satisfeito com a notícia.

Terminamos de jantar e fomos para o quarto. Era uma noite bem quente de verão, mas, mesmo assim, ficamos nos abraçando e beijando, ele foi muito carinhoso comigo. Depois de nos satisfazermos, dormimos. No dia seguinte, eu acordei aliviada, desci e o tenente já estava terminando de tomar café. Ele me perguntou desde quando eu sabia que estava grávida? Eu disse prontamente que havia pouco tempo. Será que ele começou a suspeitar que o filho poderia não ser dele? Ele levantou e foi trabalhar. Bárbara entrou e me perguntou se eu estava bem, disse que sim e que, graças a Deus, havia tirado aquele peso de mim, agora era me preparar para a gravidez.

## Capítulo 6 – O verdadeiro tenente

Terminei o café e Bárbara voltou, ela estava muito animada, até mais do que eu. Daí perguntei o porquê daquela euforia, ela disse: "a senhora não vai acreditar quem veio me ver?" Oh! meu Deus havia acabado de tirar um problema das costas e será que agora me apareceria outro? Até que ela chamou: "Francisco venha cá." Então entrou Francisco Crioulo na sala de jantar. Eu levei um susto, mas ao mesmo tempo, fiquei contente em ver uma cara conhecida. Os dois tinham os olhos brilhando e transbordavam felicidade. Perguntei o que ele contava? Ele me disse que havia conseguido comprar a sua liberdade. Bem que eu havia reparado, pois agora ele usava sapatos e estava, na medida do possível, bem vestido. Ele me disse, também, que havia chegado esta noite e que veio para achar meio de vida na capital, a fim de comprar a liberdade de Bárbara.

Verdade, eu havia prometido isso à Bárbara, mas como eu faria sem ela, ainda mais com um bebê a caminho? Mas não podia descumprir o que havia prometido. Então, disse ao Francisco que iria pedir ao tenente para ele ficar no quarto com Bárbara e se ele sabia de algum trabalho. Francisco foi ajudar Bárbara nos afazeres dela e eu pedi para que ele nos ajudasse a firmar o varal direito e a tampar uns buracos no galinheiro. Ficamos a manhã inteira organizando as coisas na casa, ela já parecia bem diferente de quando havíamos chegado, agora eu me sentia bem ali dentro. A ausência de um piano, vez ou outra, me fazia falta, mas, como já estava acostumada, desde a época com José Fernandez, a não tocar com regularidade, eu conseguia abstrair da vontade.

Bárbara organizou um almoço rapidamente e pedi para ela e Francisco sentarem-se à mesa comigo. Em minha cabeça, não tinha sentido os dois comerem na cozinha e eu almoçar sozinha na sala. Eles se sentaram e eu me enchi de coragem e perguntei como estava tudo em Bonfim? Francisco contou que o arraial inteiro ficou comentado quando fugimos, que meu pai e meus irmãos queriam me buscar, para que eu recebesse o devido castigo. Mas José Fernandez não deixou e, como ele era o meu marido, cabia a ele decidir. Perguntei por que ele não havia deixado. Francisco acha, que é por que ele estava se sentindo muito humilhado para me ter de volta, contra a minha vontade. Ele contou, ainda, que José Fernandez havia começado a ir todos os dias beber na taberna, que haviam dias que o encontravam caído na rua. Quando ele disse isso, me deu uma pena. Como estaria meu filho ao ver o pai daquela forma? Perguntei por Antônio e ele me contou que o meu filho estava passando uns dias com minha mãe na fazenda até que o seu pai se recompusesse. Já não tinha mais cabeça para escutar. Eu havia arruinado a minha família. Como pude fazer isso? Agradeci pelas informações, deixei a comida pela metade, levantei da mesa e fui para o pátio.

Coitado de meu filho, havia sido abandonado por mim e o pai não estava com estrutura para dar conta dele. O que deveria estar passando pela pobre cabecinha de Antônio? Ainda bem que minha mãe está cuidando dele. Meu Deus, será que eu tenho perdão pelo que fiz? Será que eu não fui muito egoísta em pensar somente em minha felicidade e, para persegui-la, ter causado a infelicidade de outros? Será que a vida é para ser de mais tristeza do que de alegrias? E eu ainda grávida e sem ter certeza se este filho é de José Fernandez ou de Emílio. Mas, mesmo se for de José Fernandez, eu não tenho mais volta para Bonfim, afinal, ele não deixou que meu pai me buscasse, deve estar muito humilhado para me perdoar. Fiquei ali por um tempo com meus pensamentos até que Bárbara veio ao meu encontro e disse: "senhora, não adianta você ficar assim, o que está feito está feito, agora é vida nova, eles vão se recuperar, é só uma questão de tempo". Bárbara sempre com um comentário reconfortante e me passando segurança. Graças a Deus, ela está ao meu lado, se não a tivesse, não teria ninguém para compartilhar minhas angústias. Mas eu não tinha coragem de falar-lhe sobre a minha dúvida, sobre quem é o verdadeiro pai do filho que tenho

71

no ventre, essa dúvida terá que ser somente minha. Então, olhei bem no olho de Bárbara e respondi: "você tem razão Bárbara. Agora é vida nova, não tem mais volta."
Passamos a tarde organizando as coisas da casa e a toda hora eu pensava como estariam as coisas em Bonfim depois de minha partida, me dava uma sensação de perda. A noite caiu e, para nossa sorte, o calor que fez durante o dia deu uma amenizada. As noites de verão eram realmente muito gostosas, podíamos ficar com roupas leves e não sentir frio. Pedi para Bárbara deixar tudo organizado para o jantar e depois para ela e Francisco darem uma volta. Era melhor conversar com o tenente sobre a presença de Francisco em nossa casa sem a presença deles. Emílio chegou no horário de costume, eu o estava esperando na sala, lendo um livro. Levantei e fui cumprimentá-lo. Ele não foi muito carinhoso, devia estar cansado, daí, ele logo me perguntou pela escrava. Disse que ela havia ido na rua resolver umas coisas e que eu precisava conversar com ele sobre umas questões, ele me respondeu grosseiramente: "agora é isso todo dia? Sempre uma questão para conversar e resolver? Já não chega os problemas que tenho no trabalho?" Tomei um susto quando ele falou daquela forma, que arregalei os olhos e não disse mais nada. Ele subiu para se lavar resmungando e desceu em seguida. Eu o aguardava na mesa, ele sentou-se e eu me levantei, imediatamente, para servi-lhe o prato. Depois de me servir e sentar-me à mesa comecei dizendo: "Emílio, você se lembra que Bárbara tinha um namorado em Bonfim, que estava juntando dinheiro para comprar a sua liberdade e a dela?" Sem tirar o olho do prato de comida o tenente afirmou negativamente, continuei: "enfim, para Bárbara guardar segredo e vir com a gente e abandonar o seu romance no arraial, convenci-a dizendo que, na capital, Francisco Crioulo teria mais chances de juntar dinheiro para comprar-lhe a liberdade." Nessa hora Emílio me interrompeu: "como assim, vamos vender Bárbara? E lá você consegue fazer o serviço domésticos?" Realmente, eu não conseguiria dar conta de tudo sozinha, ainda mais com um filho a caminho. Mas a

minha ideia era a seguinte, que de imediato compartilhei: "Emílio, com o dinheiro que vendermos Bárbara compraremos outra escrava para nós." Ele ficou mudo nesta hora, então eu continuei explicando a situação: "bom, Francisco conseguiu comprar a sua própria liberdade e chegou hoje de Bonfim. Ele passou o dia nos ajudando em casa: arrumou o galinheiro, o varal, tirou o mato da horta, prendeu aquela janela que estava soltando e ajudou Bárbara a levar a latrina para o mar. Mas o que quero lhe pedir, Emílio, é que você deixe ele dormir aqui, no quarto de Bárbara mesmo, em troca de nos ajudar com esses pequenos serviços domésticos. Ele quer arrumar um trabalho para juntar dinheiro para comprar a liberdade de Bárbara e viveria aqui, em troca, ele vai nos ajudar com os serviços da casa em suas horas livres. O que você pensa disso?" O tenente levantou a cabeça do prato de comida e respondeu: "mas você já decidiu tudo, o que quer que eu decida agora?" Imediatamente, eu respondi: "estou pedindo a sua autorização." Daí, ele moveu positivamente com a cabeça e terminamos o nosso jantar em silêncio.

Bárbara chegou com Francisco Crioulo quando já estávamos sentados na sala, Emílio fumava e eu com meus pensamentos. O tenente chamou eles até a sala e disse: "então é você o forro que vai viver em minha casa em troca de pequenos serviços até conseguir juntar dinheiro para comprar a liberdade de minha escrava." Francisco afirmou positivamente e o tenente continuou: "quero que você retire diariamente a latrina com todas as imundícies e detritos da casa, não suporto este cheiro de urina e fezes que fica aqui dentro." Francisco Crioulo agradeceu e disse que todos os dias, pela manhã, levaria a tina. Os dois se retiraram para a cozinha e eu e Emílio subimos. Ele estava muito estranho, então achei melhor não procurar mais conversa, me troquei e deitei em silêncio. Ele fez o mesmo.

No dia seguinte, quando acordei, eu estava sozinha na cama, desci e Emílio já havia saído. Perguntei para Bárbara como estava o humor dele, ela disse que ele não tinha uma fisionomia boa não, mas que ele sempre a tratava daquela forma mesmo.

Fiquei sem entender o motivo da braveza dele, será que era devido à presença de Francisco? Enfim, quando terminei o café fui para o pátio aproveitar a fresca para continuar com minha leitura. Bárbara foi organizar a cozinha e os quartos. Francisco foi retirar a tina da casa. Esse era um serviço que eu, nunca na minha vida, queria fazer. Os escravos que o fazem são chamados de tigres, pois a urina velha das casas escorre por sua pele negra dando-lhes um amarelado. Como devia ser difícil retirar aquele cheiro do corpo, às vezes, eles deixavam as tinas cair no meio da rua e ficava aquele cheiro insuportável que me causava até náuseas. Como eles não costumavam juntar o derramado, a rua ficava fedendo até que caísse uma chuva, ou mesmo, até que a ação do tempo secasse a parte líquida e as fezes se perdiam espalhadas pela rua. E o que havia de resto de comida era alimento dos bichos que ali circulavam.

Fiquei entretida na minha rotina diária e o dia acabou passando rapidamente. A noite caiu, o jantar já estava na mesa e o tenente não chegou no horário que lhe era de costume. Esperei por algum tempo e resolvi jantar sozinha. Desta vez não chamei Bárbara nem Francisco para sentarem-se a mesa. Pois temia que Emílio chegasse a qualquer momento. Mas ele não chegou. Subi para o meu quarto, mas, antes, pedi para Bárbara deixar tudo organizado e o prato do tenente na mesa. Como sentia muito sono, resolvi trocar de roupar e deitar-me. Em seguida caí no sono. Acordei, não sei quanto tempo depois, com Emílio entrando no quarto, como sempre, ele não tinha o menor cuidado para não fazer barulho. Pela sua forma de caminhar e o cheiro de álcool e tabaco, dava para perceber que ele havia bebido mais do que de costume. Levantei, perguntei se estava tudo bem e se ele queria alguma ajuda. Ele sentou-se na cama e me pediu para ajudar-lhe a tirar a bota, eu me abaixei de frente para ele e, antes mesmo que eu pudesse puxar a bota, ele me deu um chute no rosto que me derrubou para trás. Bati a cabeça no chão e fiquei ali por uns segundos tentando entender o que havia acontecido, até que ele me mandou levantar. Eu estava muito atordoada para entender com clareza o que estava acontecendo, daí ele me pegou forte pelos braços e me perguntou novamente desde quando eu sabia que estava grávida. Nessa hora, eu já estava chorando e disse que havia pouco tempo, como havia lhe falado anteriormente, então ele me deu alguns tapas no rosto que me derrubaram na cama. Ele tirou a calça e foi para cima de mim na cama para o seu prazer carnal, mesmo eu estando chorando e machucada. Depois ele caiu rapidamente no sono e eu fui me lavar. Meu rosto doía demais, sentia dor nos braços também, mas o meu rosto ardia muito, ao passar água, parecia que aliviava. Graças a Deus, não havia vestígio de sangue. Por que ele fez isso comigo? Será que ele estava desconfiando que o filho poderia ser de José Fernandez? Eu sei de vários casos de maridos que costumavam bater em suas esposas, inclusive, já ouvi o padre pregar na missa que cabiam às mulheres aceitarem e curarem suas feridas em silêncio. Mas eu acredito que meu pai nunca tenha batido em minha mãe, pois, se o tivesse feito, eu teria visto as marcas ou mesmo escutado o barulho. E tenho que reconhecer que José Fernandez nunca havia levantado a mão para mim. Eu estava com muita raiva e muito agitada para conseguir dormir, então desci para a cozinha. Com muito custo acendi o fogo e coloquei uma água para esquentar. Busquei na horta a erva que Bárbara costumava usar para os chás, quando eu precisava me acalmar para dormir, e coloquei na panela quando a água ferveu. Sentei na beira do fogão e, enquanto tomava o chá, tentava entender o que havia ocorrido. Será que ele ficou agressivo assim por causa da bebida? Desta vez não vou fazer como na outra ocasião que ele chegou bêbado em casa e foi grosseiro comigo e eu não falei nada no dia seguinte. Amanhã vou perguntar o que está acontecendo. Meu rosto parecia estar em chamas e ardia muito, será que vou ficar inchada? Meu Deus, para que isso? O chá de certa forma me acalmou, subi e me deitei ao lado de Emílio, demorei um pouco ainda para cair no sono, ele já roncava e dormia profundamente.

No dia seguinte, quando acordei, demorei uns segundos para me lembrar do que havia ocorrido, mas, em seguida, senti o rosto doendo e, infelizmente, constatei que não havia sido um sonho. Emílio estava se vestindo, levantei e fui até ele e perguntei por que ele havia feito aquilo comigo? Ele olhou para mim com um olhar de raiva e disse que ele não devia me dar satisfação de suas atitudes, pois ele era o meu marido agora e poderia fazer o que quisesse com a minha pessoa. Sem dizer mais nada, ele desceu. Eu fiquei calada e pensando como eu poderia ter me enganado com ele desta forma? Eu achava que ele gostava de mim, mas por que me agredir então? Peguei um espelho pequeno que eu tinha e constatei que, infelizmente, eu tinha um olho bem inchado, que estava ficando roxo logo abaixo. Claro que Bárbara e Francisco iriam perceber. Senti uma vergonha de passar por aquilo, de ter sido agredida. Queria ir à biblioteca hoje, mas, com o rosto desta maneira, vou ter que ficar presa em casa por alguns dias. Demorei para descer para o café, pois estava querendo ganhar coragem para encarar os demais da casa e, também, não queria ver o tenente mais.

 Depois de um tempo, coloquei uma roupa bonita e desci. Infelizmente, o tenente havia demorado mais do que de costume, e não havia saído. Sentei-me à mesa em silêncio e Bárbara logo veio da cozinha me servir. Ela me olhou e, imediatamente, perguntou-me: "o que aconteceu com a senhora Ana?" O tenente me olhou com uma cara bem fechada e eu achei melhor inventar uma desculpa: "escorreguei no tapete e bati o rosto na beira da cama." Bárbara me olhou bem no olhou com uma cara de desconfiada, eu abaixei a cabeça e não disse mais nada. Que vergonha que eu sentia. O tenente arredou a cadeira bruscamente e se levantou, agora eu tinha medo dele, então tomei um susto quando ele fez isso. Ele saiu sem se despedir, até coerente de sua parte, pois eu estava com muita raiva dele. Bárbara voltou e disse: "senhora tem umas ervas que, amassadas, ajudam a aliviar o rosto inchado, mas não tenho todas na horta. Posso ir ao chafariz para ver se consigo com uma conhecida?" Respondi que sim. O que seria de mim sem Bárbara e os seus conhecimentos de ervas? Como vou viver sem ela? Teria que comprar uma escrava com os mesmos conhecimentos, mas, com certeza, não teria o cuidado que Bárbara tinha comigo.

Fui para o pátio ver o dia, o céu estava azul e a temperatura bem agradável naquela hora da manhã. Era o tipo de dia que eu gostava, pelo menos não era aqueles dias nublados, que nos inspiravam a tristeza. Mas, infelizmente, a tristeza estava dentro de mim. Que saudades de minha mãe e do meu filho. Deixei eles para trás para vir atrás de um homem que agora desconheço. Que loucura eu fiz, mas eu nunca havia sentindo o que sentia por Emílio antes, e esse sentimento me enganou. Mas será que Emílio está desconfiado que o filho não é dele e por isso transformou-se? Mas ele podia falar comigo ao invés de me agredir? Será que devia perguntar se era por este motivo que ele fez isso? Mas daí eu mostraria a minha dúvida, então, melhor eu ficar calada.

Bárbara voltou com a erva e mais uns mantimentos que estavam em falta na cozinha. Quando me viu no pátio, me disse para entrar que o sol agravaria minha situação. Ela foi para cozinha preparar as ervas e eu resolvi ficar observando para aprender. Quando ficaram prontas, ela me disse que o ideal era aplicar comigo deitada para deixar agir por um tempo. Fomos para o meu quarto e deitei na cama. Bárbara, carinhosamente, aplicou uma camada grossa na área que ficava roxa, a mistura tinha um cheiro gostoso e deu uma sensação de gelado que acalmou a pele.

Passaram-se alguns dias e eu fiquei em casa reclusa com muita vergonha de ir à rua. Bárbara não me perguntou mais sobre o ocorrido, não sei se ela se deu por satisfeita com a minha explicação ou se percebeu que eu não queria falar sobre o assunto. A barriga já começava a aparecer e as poucas roupas que eu tinha trazido do arraial começavam a não me servir mais. Depois que o tenente me agrediu, eu não procurava mais conversa com ele, e muito menos ele comigo. Não queria mais perguntar por que ele fez aquilo, pois temia que ele questionasse a paternidade do filho que eu tinha no ventre e que eu, de alguma forma, demostrasse a minha dúvida. Então, nossa relação havia ficado muito parecida com a que eu tinha com José Fernandez, mas, mesmo assim, eu

77

não me arrependi de ter vindo morar com ele. Ainda acreditava que, com o nascimento do bebê, ele teria certeza que seria seu filho e tudo voltaria a ser como antes. Como o meu rosto estava melhor, resolvi sair pela primeira vez depois do ocorrido. Queria vender uns brincos, que eu tinha, para comprar umas roupas largas para usar na gravidez. O dinheiro que o tenente deixava quase não era suficiente para comprar os mantimentos da casa e não queria pedir mais, pois ele poderia dizer que a culpa era do forro, que estávamos abrigando. E, também, não queria pedir dinheiro para minhas roupas, pois ele poderia ficar ainda com mais raiva de me ajudar com dinheiro para um filho que ele desconfiava que não era dele. Saí à rua e fui em direção à loja que eu havia visto que comprava e vendia joias. Havia uma agitação que não era normal, todos olhavam os jornais e falavam, não entendi muito bem o motivo. Então, cheguei à loja, mostrei o par de brincos e o senhor, que me atendeu, ofereceu-me muito menos do que eles valiam, mas seria o suficiente para eu comprar umas roupas e ainda guardar um pouco, então aceitei. Ele tinha o jornal com ele, perguntei o que estava acontecendo? O que tinha no jornal que todos na rua comentavam? Ele me disse que, atendendo à pressão e ao desejo da população, que havia feito uma abaixo assinado com oito mil assinaturas, o príncipe regente havia dito que não voltaria para Portugal. Pedi o jornal e lá estavam escritas as seguintes palavras de Dom Pedro de Alcântara: "se é para o bem de todos e felicidade geral da Nação, estou pronto! Digam ao povo que fico." Como eu já imaginava que isso ocorreria, não dei muita importância para a notícia, estava mais preocupada com os meus problemas pessoais. Então, com o dinheiro guardado, agradeci e saí da loja. Fui até uma loja de tecidos e comprei uns pedaços de pano, pois queria costurar um vestido para mim, assim, conseguiria economizar um pouco e fui até outra loja que tinha vestidos mais baratos e comprei três deles bem largos.

    Voltei para casa e já me sentia melhor, gostei de ter saído às ruas e, mesmo não tendo dado muito importância, agora, pensando melhor, eu gostei das notícias do mundo da política, quem sabe o tenente ficaria mais tranquilo, pois não havia mais a iminência da volta de Dom Pedro a Portugal. As vezes, ele andava preocupado, temendo ter que voltar para a metrópole com o príncipe. Mostrei à Bárbara o tecido que havia comprado, e ela sugeriu um bordado e disse que faríamos um vestido muito bonito. Lamentamos não termos o nosso tear para fazermos os tecidos mais simples. Mas disse: "um dia, me animo a vender outras joias e então compraremos o tear e os utensílios que precisamos Bárbara." Falei das novidades da política das quais havia me inteirado na rua e pedi para ela caprichar no jantar, pois poderia o tenente voltar com outro ânimo. Fui para o quarto, deixei os três vestidos, recém adquiridos, sobre a cadeira, pois, no dia seguinte, iria lavar antes de usar. Desci com o tecido e o costureiro e comecei a fazer o vestido com o pano que havia comprado. Fazer atividades manuais, como cuidar do jardim e mexer com tecidos e roupas, me dava uma paz e fazia com que o tempo passasse rápido.

Então, a noite chegou e o tenente não veio junto. Jantei sozinha e fui para o quarto, mas desta vez, não dormi como costumava fazer quando ele se atrasava, agora tinha medo de como ele poderia chegar. Então, fiquei algum tempo acordada olhando pela beira da janela o movimento da rua, havia mais gente que de costume e falavam alto, todos pareciam comemorar a decisão do príncipe de ficar no Brasil. Depois de observar a rua por algumas horas, senti sono e resolvi deitar. Acordei com o tenente entrando de forma bruta no quarto. Olhei para ele, mas fiquei em silêncio, estava com medo de qual poderia ser a reação dele, então, ele me olhou nos olhos e também não disse nada. Ele estava visivelmente bêbado e, quando viu os vestidos na cadeira, me perguntou com a voz atrapalhada pela bebida: "quem te deu esses vestidos?" Disse que havia vendido um brinco e comprado, pois os meus não me serviam mais, devido à barriga. Falei com a voz titubeante, pois quando resolvi fazer isso, nem me passou pela cabeça que o tenente poderia não gostar, mas o tom que ele usou tornou visível que havia algo de errado no que eu havia feito. Então, ele se aproximou de mim na cama e me pediu para que eu me levantasse. Atendi prontamente o que ele havia pedido e ele colocou a mão direita no meu rosto e a deixou deslizar para trás da minha orelha e me puxou o cabelo, bem perto das raízes do couro cabeludo, ele puxou com tanta força, que eu tombei o corpo para o lado que ele puxava, e ele me disse: "você não entendeu ainda que eu sou o seu marido agora e que, não só você é minha propriedade, como as suas joias também? Onde estão essas joias? Agora eu quem vou ficar com elas." Então, ele me soltou para que eu buscasse as joias. Fui até o armário, peguei a caixinha e entreguei para ele, mas, antes de entregar, disse: "Emílio, elas são joias de família e eu gostaria de saber onde você vai deixá-las." Ele pegou a caixa pôs sobre a estante e me deu tantos tapas no rosto, que eu caí no chão e, com as mãos, eu cobri o rosto, pois ele começou a me chutar e disse: "espero que agora você tenha aprendido quem manda nessa casa". Ele parou e eu fiquei ali deitada, imóvel, por algum tempo, graças a Deus, eu havia me encolhido e os chutes não havia acertado diretamente a minha barriga. O tenente havia se deitado e, quando escutei a sua primeira respiração mais profunda, fui para a cozinha me lavar e preparar o chá de costume, para me acalmar.

No dia seguinte, acordei com o tenente levantando, mas fingi que estava dormindo, estava com muita raiva dele por ter me pegado as joias, e me batido daquela forma. Desta vez, não só o meu rosto ardia muito, mas o meu corpo todo doía. Quando ele saiu do quarto, me levantei. Fui pegar o meu espelho para ver o meu rosto e estava todo inchando e roxo em algumas partes, tirei a camisola, as partes que consegui enxergar nas costas estavam muito roxas. Por que ele fazia isso comigo? Não bastava me tirar as joias? Lavei o rosto demoradamente e me troquei. Vi que a caixinha de joias não estava mais sobre a estante. Olhei no armário e lá também não estava. Onde será que ele escondeu? Deixei passar um tempo e desci. Para a minha sorte, o tenente já havia saído. Bárbara veio até mim e, quando me viu, olhou assustada e me perguntou: "Ana, não minta para mim, o tenente está agredindo a senhora?" Desta vez não tive como negar, quando ela perguntou comecei a chorar desesperadamente, ela veio até mim e me abraçou e disse: "fique tranquila senhora, vou lhe ajudar a curar as feridas, mas, por que ele tem lhe feito isso? Você não dizia que ele era carinhoso?" Daí, lhe disse que imaginava que a bebida lhe fazia ficar agressivo daquela forma. Mas, na verdade, eu achava que era por que ele desconfiava que o filho não era dele, mas não queria compartilhar essa dúvida com Bárbara, essa desconfiança eu deveria guardar para mim. Contei também que ele havia ficado bravo quando viu os vestidos, achou que alguém havia comprado para mim e, quando disse que havia comprado com o dinheiro de uma joia que havia vendido, ele me tomou a caixinha de joias e disse que elas, assim como eu, pertencíamos a ele. Bárbara arregalou os olhos e disse: "mas, senhora, então ele deve pensar que eu sou propriedade dele também? E se ele não quiser vender a minha liberdade para Francisco?" Eu estava tão atordoada com tudo que não tinha pensando nisso, mas, para acalmar Bárbara, que sonhava em ser livre, disse para ela não se preocupar, pois ele sabe desse nosso combinado desde que saímos do arraial e que, para ele, tanto fazia, pois com o dinheiro que Francisco pagasse, compraríamos outra escrava e completei: "Bárbara eu que não sei como vou fazer para viver nessa casa sem você ao meu lado." Nesta hora, eu chorei novamente, e vi que ela entendia perfeitamente o que eu estava falando, então ela disse: "Ana, eu e Francisco queremos continuar aqui, na capital, não se preocupe, que iremos sempre vir aqui visitar a senhora."

Francisco Crioulo nos ajudava com tudo o que podia na casa e, todos os dias levava a latrina para o mar. Ele era muito habilidoso no trabalho de pedreiro, então, começou a trabalhar com isso na capital e, surpreendentemente, ele tinha muito serviço. Certamente, ele logo teria dinheiro para comprar a alforria de Bárbara e alugar alguma casa pequena para os dois viverem. Bárbara era muito habilidosa com o tear, passava roupas muito bem e cozinhava também, ela também iria ter a fonte de renda dela para ajudar Francisco no sustento da casa. Pensando nisso, senti aquele velho ciúme do relacionamento de Bárbara com Francisco, por que não dei essa sorte em minha vida? Por outro lado, agora pensava que eu havia experimentado viver ao lado de alguém que eu gostava e havia escolhido, mas me veio à cabeça o seguinte pensamento: como eu poderia gostar de um homem que me agride? Eu ainda tinha a esperança das coisas se ajeitarem, do tenente reconhecer que fez errado ao me bater, dele voltar a ser o homem carinhoso por quem eu havia me apaixonado.

Bárbara voltou da cozinha com um chá que ela disse que me tranquilizaria e faria bem para o bebê e a pasta da outra vez, para passar nos roxos do rosto e do corpo. Deitei na cama de lado e ela aplicou. Fiquei ali por um tempo e, depois, fui me lavar. O chá era forte mesmo, voltei para a cama e resolvi dormir um pouco antes do almoço, pois mal havia pregado os olhos durante a noite. Acordei com Bárbara entrando no quarto para me avisar que o almoço estava na mesa, levantei e fui até a cozinha. Eu mesma me servi. Não estava com muita fome. Depois do almoço, entreguei a Bárbara os vestidos novos para ela lavar e fui para a sala cortar e costurar o pano.

Muitas mulheres do meu nível não gostavam dos trabalhos manuais, pois pensavam que eram coisas para escravos, mas eu me distraía fazendo aquilo e realmente gostava. Fiquei ali entretida por um bom tempo. Depois tomei um café com biscoitos que Bárbara havia preparado e fui ler um pouco no pátio para aproveitar que o sol não batia mais ali. Quando a noite foi caindo, entrei e fui ver na cozinha o que Bárbara estava preparando para o jantar. Ficamos ali conversando da vida no arraial, eu realmente tinha saudade de lá. Então, me veio um pensamento na cabeça que eu nunca havia tido: na vida, nunca estamos satisfeitos com o que temos, sempre criamos expectativas de que onde não estamos estaria melhor do que onde estamos. Como deveria estar José Fernandez e meu filho, minha mãe, meu pai? Como meu pai reagiria se me visse toda machucada? Às vezes, ele concordaria que eu merecia a surra que levei.

## Capítulo 7 – Tentando a paz

O tenente chegou na hora de costume. Eu já estava resignada com a minha situação e preocupada em não despertar a ira dele novamente, pois queria paz por um período para preservar a gravidez e garantir que ele vendesse Bárbara. Então, quando ele entrou, em vez de fechar a cara, como eu estava fazendo, eu o cumprimentei e perguntei como havia sido o seu dia. Ele me olhou desconfiado e respondeu dizendo que bem. Ele subiu para lavar-se e desceu em seguida. Eu o esperava na mesa, Bárbara o serviu, ela, sim, não estava com uma cara boa para ele, logo em seguida, ela me serviu e foi para a cozinha.

Para quebrar o clima ruim que estávamos, eu engoli o meu orgulho e resolvi perguntar de coisas externas, questionei se ele havia achado boa a declaração que o príncipe havia feito? Ele me olhou desconfiado e disse que sim e que também ele já esperava por aquilo, pois sabia da pressão que o Partido Brasileiro, os Liberais Radicais e a princesa Leopoldina estavam fazendo para que o regente ficasse. Eu disse que isso era bom, porque, assim, não corríamos o risco dele ter que voltar para Portugal. Ele balançou a cabeça concordando comigo. Terminamos de comer em silêncio, eu não tinha mais assunto, e achei também que ele não queria conversar e poderia se irritar se eu insistisse em alguma conversa. Fomos para sala e ele acendeu o seu cigarro de tabaco. Eu peguei o vestido que havia costurado durante o dia e fiquei analisando o que faltava. Ele perguntou o que era aquilo, respondi que, com o dinheiro do brinco, havia comprado aqueles vestidos e esse pano para costurar um outro para mim. Ele escutou e não disse mais nada. Fiquei calada sobre o fato de ter sobrado um troco, pois tinha medo dele querer para ele também e eu sempre gostei de ter uma pouco de réis comigo. Aliás, queria muito que ele devolvesse as minhas joias. Fomos dormir e, para minha sorte, o tenente não quis saber de nada comigo, uma chuva começou a cair. Adorava dormir com o barulho da chuva.

Passaram-se alguns meses e eu já tinha muita dor nas costas por causa da barriga. Graças a Deus, parecia que estava tudo bem com o bebê. Pena que Bárbara não entendia de parto, mas já havíamos conseguido uma parteira que vivia ali perto e que chamaríamos caso o bebê resolvesse se antecipar. Eu precisava comprar algumas coisas para esperar o nascimento do bebê, mas já tinha umas semanas que eu procurava a hora certa de pedir para o tenente o dinheiro. Não podia mais correr o risco de ser agredida por ele, a barriga estava muito grande. O tenente havia saído e Bárbara desceu esbaforida do quarto gritando: "Ana, eu achei!" Daí, levantei e fui ao encontro dela: "O que você achou meu Deus?" Ela me pediu que a acompanhasse até o quarto e me mostrou que, no piso, num canto do meu quarto, havia uma madeira que levantava e, lá em baixo, estava a caixinha de joias e outra caixa com dinheiro e uns pertences de valor do tenente. Abri a minha caixinha e percebi que estava faltando um par de brincos. O que será que ele havia feito com eles? Por que os venderia? Será que havia dado para alguém? Bem que eu estava desconfiada que era provável que ele teria uma amante, várias noites ele voltava tarde e já havia semanas que ele não me procurava na cama, o que, por um lado, eu achava até bom, pois, com a barriga muito grande, era muito incômodo, além do mais, já havia um bom tempo que não sentia mais aquela sensação boa, que sentia antes. Falei para Bárbara voltar com tudo para o lugar do jeito que estava e desci.

Estava com muita raiva dele ter pegado um par de brincos. Ele não podia ter feito isso sem me comunicar. O pior é que eu não podia reclamar, pois ele, certamente, me bateria. Além disso, a constatação dele ter uma amante me deu um ciúme, será que ele era carinhoso com ela? Quem seria? Eu tinha que ser inteligente e segurar a raiva, e o ciúme e fazer com que ele me desse o dinheiro para comprar as coisas para esperar o bebê.

Quando o tenente chegou, eu já estava na mesa esperando. Bárbara havia caprichado no jantar e eu coloquei as taças na mesa e as melhores louças da casa. Quando olhei para ele, me veio um sentimento de raiva, não sentia mais aquela saudade que tinha dele durante o dia, e muito menos a alegria quando ele chegava. Agora tinha antipatia da forma que ele comia, como caminhava e do cheiro dele. Mas eu estava presa àquele casamento, à gravidez e não havia volta para o arraial. Talvez, depois que o bebê nascesse e crescesse um pouco, eu conseguiria achar uma saída. Mas, por enquanto, eu precisava garantir as roupas e outros itens que iria precisar para o bebê e que ele não me agredisse mais. Então, ele me olhou desconfiando devido à mesa, eu disse, em seguida: "boa noite Emílio, pedi para Bárbara fazer o seu prato preferido e caprichamos na mesa por que eu estou com muita saudade do meu marido. Você quer beber um vinho?" Ele me olhou de uma forma mais carinhosa e disse que se lavaria e pegaria o vinho. Enquanto jantávamos e bebíamos, ele falou das questões da política e que achava que o caminho do Brasil seria a independência. Na verdade, antes, estes assuntos me instigavam, mas, agora, eu estava tão preocupada com a minha vida, com a gravidez, com o medo das dores do parto e de morrer, que esses assuntos não me chamavam mais a atenção. Mas demostrei interesse enquanto ele falava e disse que estava com saudades de conversar com ele. Terminamos e fomos para a sala, ele fumava e eu fiquei ali, terminando um casaquinho de crochê que estava fazendo para o nosso filho. Daí, ele me perguntou: "já está chegando a hora não é, Ana?" Essa foi a deixa para eu pedir o dinheiro: "está sim Emílio e eu já soube que tem uma parteira aqui perto, mas ela cobra para vir fazer o parto aqui em casa e, além do mais, vamos ter que comprar umas coisas para receber a criança. Nada de luxo, poucas coisas. Será que o senhor meu marido me daria um dinheiro para eu resolver essas coisas?" Parece que ele gostou da minha atitude submissa. Eu pensei em pedir alguma joia para ele mas corria o risco de ele achar ruim, pois implicaria em duas coisas: a primeira seria que ele associaria com o par de brincos que ele tirou e, segundo, por que, ao falar que eu usaria minhas joias para comprar as coisas da criança, ele poderia se sentir ofendido por não ser quem pagaria as coisas do filho. Ele me respondeu: "Claro, Ana, amanhã eu vou te deixar um dinheiro e você já combina com a parteira e compra as coisas para o bebê."

Subimos para o quarto e ele, supreendentemente, estava carinhoso comigo, troquei de roupa e deitei. Ele me pediu para ver a barriga, daí, levantei a camisola e mostrei. O bebê, ultimamente, tem mexido muito e ele o sentiu mexendo e ficou ali um tempo observando, depois, ele fechou um pouco a cara, mas achei melhor não perguntar o que estava acontecendo. Ele não quis saber de nada comigo, achei bom e, em seguida, caímos no sono. No dia seguinte, acordei com os barulhos do tenente se arrumando, fui me vestir e ele foi ao meu encontro com o dinheiro, agradeci e ele desceu. Contei o dinheiro e ele até havia sido generoso, me deu uma sensação de felicidade, que não sentia há algum tempo e, principalmente, por que agora achava que sabia o jeito de lidar com o tenente.

Desci e ele já estava terminando o café. Deu-me um beijo na testa e saiu. Bárbara, ao ver a cena, esperou ele bater a porta, e veio logo me perguntar: "a senhora conseguiu o dinheiro?" Balancei a cabeça positivamente e ela pareceu que ficou mais contente do que eu. A escrava verdadeiramente se preocupava com as minhas questões. Falei para ela organizar a cozinha e se arrumar: iríamos para a rua comprar o que estava faltando. Subi, coloquei um dos vestidos largos que tinha comprado, queria uma de minhas joias para sair enfeitada, como as damas que via nas ruas, mas não podia correr o risco de pegar na caixinha e o tenente chegar a perceber, então me conformei e saí da forma que estava.

Percebia que Bárbara gostava de sair à rua comigo, ela também devia gostar de ver aquele tanto de gente desconhecida. Observávamos os vestidos das damas, sempre acompanhadas por suas escravas, que carregavam as cestas com alimentos ou mesmo a sombrinha para protegê-las do sol. Eu confesso que via umas mulheres tão seguras, bem vestidas e com joias de ouro, diamante rosa, pérolas que, quando olhava para mim, me sentia tão mal vestida, uma plebeia. Ficava imaginando como seria a vida delas, o casamento delas, se viviam uma história de amor ou se eram espancadas pelos maridos. Mas como saber? Eu não tinha coragem de procurar conversa com nenhuma delas e, se tivesse, como perguntaria tais coisas? Além do mais, se elas fossem agredidas pelos seus maridos, como muitas o são, provavelmente, fariam como todas as outras: ficariam em casa escondidas até que as feridas se curassem.

Chegamos ao mercado e compramos uns tecidos de algodão, linha e agulha para costuramos o que faltava para o bebê, compramos o cesto de dormir e uns outros itens que eram novidades vindas da Inglaterra. Não quis gastar muito, pois queria guardar um pouco do dinheiro que o tenente havia me dado. Então pagamos e fomos em direção ao chafariz de pedra, pois, lá, provavelmente, encontraríamos a parteira para confirmar que ela faria o meu parto e saber de um outro lugar que poderíamos encontrá-la além do chafariz. Bárbara, de tanto ir lavar a roupa, ou mesmo buscar água no chafariz, havia feito várias conhecidas. O que foi muito bom para gente, pois ela sabia onde conseguir as ervas de que precisávamos e fez contato com esta parteira. E foi, também, através de suas conhecidas, que ela conseguiu o trabalho de pedreiro para Francisco, ele estava trabalhando com o marido de uma forra, com quem Bárbara havia feito amizade. Inclusive, outro dia, ele já me avisou que, em breve, ele teria o dinheiro para comprar-lhe a liberdade, pois ele tinha trazido um pouco com ele do arraial e o serviço de pedreiro era muito bem remunerado. Na volta para casa, passamos em outro mercado, pegamos umas frutas, mantimentos que estavam faltando e feixe de lenha.

Devido a gravidez, mesmo uma volta rápida na rua me deixava muito cansada, então, deixei Bárbara organizando as coisas e fui deitar um pouco. Acordei com ela me chamando para almoçar, desci e almoçamos juntas. Em seguida, fui pegar o tecido que havíamos comprado, para costurar o que faltava para receber a criança. O que seria de mim se não dominasse

**87**

esses trabalhos manuais? Como me arrependo de, naquele dia que vendi o brinco, não ter vendido outras joias e ter comprado o tear. Mas não adianta lamentar agora, pelo menos tenho uma tesoura boa de costura e estou conseguindo costurar e fazer as mantas, casaquinhos e sapatinhos de crochê. Passei a tarde por conta dos preparativos para receber a criança. Quando o sol se pôs, o clima ficou bem frio, as chuvas já haviam cessado e o inverno já mostrava os seus sinais. Eu prefiro os dias mais quentes do Rio de Janeiro do que os dias mais frios de inverno e lamento que o bebê vá nascer no frio, pois corre muito mais risco de pegar algum resfriado.

O tenente não chegou na hora de costume, então, enquanto jantava sozinha, escutava as conversas de Francisco e Bárbara na cozinha. Eles tinham uma relação boa e duvido que Francisco traía, ou mesmo agredia Bárbara fisicamente. Mesmo sendo de cor, um forro, e ela quase livre, a vida deles, se comparada aos demais escravos que conheço, era relativamente boa. Francisco contava que, mesmo sendo liberto, ele era ainda maltratado no trabalho e na rua. Mesmo usando sapatos e tendo dinheiro para pagar pelo que consumia, era ofendido. Mas eles tinham uma sorte que eu realmente não tive na vida, eles tinham um ao outro. Pelo menos, hoje, mesmo sabendo que posso não ter feito uma boa escolha ao ter fugido do arraial com o tenente, tenho o consolo de ter tentado viver uma história de amor, de ter escolhido algo em minha vida.

Fui para o meu quarto, coloquei uma roupa mais quente para dormir e, em seguida, caí no sono. Acordei com o tenente entrando no quarto, fingi que não havia acordado, tinha muito medo dele me agredir novamente. Desta vez ele, tinha um cheiro a perfume tão forte que nem dava para perceber o cheiro a álcool e tabaco. Devia ser água de *cologne* pois estava bem na moda as mulheres usarem isso na capital. O pior foi que ele deitou ao meu lado com aquele cheiro, agora eu não tinha mais dúvidas de que ele tinha uma amante e não sei se eu devia achar bom ou ruim ele estar com outra mulher. O cheiro me fazia imaginar como seria a amante dele e como ele a trataria. Mas era tão forte que comecei a ter um enjoo parecido com os que tinha no começo da gravidez. Sinceramente, preferia dormir com ele cheirando a tabaco e álcool do que aquele perfume. Virei para o lado oposto a ele, coloquei um pouco do lençol no meu nariz para abafar o cheiro e caí no sono novamente.

No dia seguinte, acordei antes do tenente, desci e vi Francisco saindo com a latrina. Coitado, todos os dias tem que caminhar por um longo trajeto com esse cheiro em sua cabeça. Bárbara estava muito bem-humorada, para minha alegria. Mesmo eu tendo uma vida, que, hoje, constato ser difícil e triste, eu não gosto de gente mal-humorada. Acho que os homens, em geral, o são, José Fernandez era e o tenente também é mal-humorado, dificilmente, o vejo rindo ou sendo gentil. Aliás, ele não costumava ser mal-humorado no arraial, mas devia estar fingindo para me convencer a fugir com ele. Agora, penso no que ele ganhou com isso? Ele bem que podia ter se casado com uma moça descomprometida aqui da capital, ou mesmo com Catharina em vez de me provocar com o seu jeito galanteador. Eu teria ficado na minha vida, sem grandes alegrias e tristezas, nunca teria criado a expectativa de que a vida poderia ser melhor.

Ajudei Bárbara a colocar a mesa e esperei pelo tenente para tomar o café, não queria que ele se zangasse de forma alguma, então, me mantinha bem submissa. Ele desceu e, para minha surpresa, parecia bem-humorado, devia estar apaixonado pela moça do perfume. Tomamos café em silêncio, ele me deu um beijo na testa e saiu. Vai ver que ele não gostava de mim grávida, por que havia semanas que eu não tinha que cumprir meus deveres de esposa na cama, o que eu achava muito bom. E a verdade é que ele começou a me agredir fisicamente quando soube que eu estava grávida, mas nem ele falou sobre isso e muito menos eu, mas será que era por que ele desconfiava que o bebê podia não ser o seu filho ou filha. Aliás, eu gostaria que fosse uma menina desta vez, penso que elas acabam se parecendo mais com as mães.

89

Passaram-se mais uns dois meses e o inverno chegou. O bebê já se revirava na barriga e tinha horas que dava para perceber o pé dele ou mesmo a cabeça. Eu não gostava muito daquilo, tinha uma aflição e muito medo do parto. Mas, quando me vinham estes pensamentos, eu desviava, eu não tinha outra saída, teria que dar a luz mais cedo ou mais tarde. Lamento não ter minha mãe ao meu lado, ela me ajudou tanto na primeira gravidez. Não me lembro de ter sido uma preocupação como está sendo agora os preparativos para receber o bebê, pois minha mãe fez toda a parte de crochê e José Fernandez comprava dos caixeiros tudo que havia para bebês. Agora vivo essa escassez de dinheiro e não tenho as mulheres experientes com parto como eu tinha no arraial. Bárbara entende muito de ervas, mas ela nunca deu à luz, aliás: como ela devia fazer para não engravidar?

Para a minha sorte, certamente o tenente estava muito entretido na sua vida com a amante, pois eram raros os dias que ele jantava comigo e, havia meses que ele nem me tocava, a não ser o costumeiro beijo na testa antes de sair. Neste tempo, tive tranquilidade para terminar os preparativos para o bebê, para cuidar das minhas flores e ler os livros que queria. Pelo menos, através dos livros, a vida parecia mais feliz. Já tinham alguns dias que eu sentia as cólicas ficarem mais fortes, mas eram poucas, ao longo dos dias, e eu sabia que se elas fossem mais seguidas, Bárbara deveria ir atrás da parteira. Tinha horas que eu ficava muito ansiosa e Bárbara reforçava na erva do chá para me acalmar.

Hoje, acordei com o bebê se revirando, ele devia ser bem grande, pois os seus movimentos causavam elevações grandes em minha barriga. Desci para tomar café e o tenente já havia saído, assim como Francisco. Tomei o café da manhã na cozinha com Bárbara e ela me contou que Francisco havia encontrado na rua, por acaso, com um escravo da fazenda de meu pai, que estava emprestado para ajudar a trazer mercadorias do arraial para a capital. E o escravo contou que José Fernandez havia conhecido, em suas andanças bebendo por aí, uma moça bem simples que vivia com a sua avó num casebre, e que começou a ter um relacionamento com ela. Ela cuidava com zelo de suas roupas, cozinhava para ele e, por isso, ele começou a ganhar peso novamente, parece que estava bem magro. E, há pouco tempo atrás, ele foi buscar Antônio, que estava vivendo com minha mãe, para voltar a viver com ele e esta moça. Escutei atentamente o que Bárbara me contava e confesso que tive ciúmes de uma outra mulher vivendo na casa que um dia foi minha. Mas não entendi por que José Fernandez precisava de uma mulher que lhe cozinhasse e cuidasse das roupas, sendo que ele podia tranquilamente ter uma escrava para lhe fazer estas coisas. Mas, enfim, vai ver que assim ele se sentia amado. Por um lado, foi bom que ele se restabeleceu e o nosso filho voltou a viver ao seu lado. Para Antônio, devia ser sofrido não viver ao lado do pai que ele tanto admirava. Espero que, como tudo parecia estar bem no arraial, Deus resolva me perdoar e conceder-me uma vida mais alegre e uma boa hora para a chegada do meu filho.

Passei um dia tranquilo lendo o meu livro e com uma certa consciência tranquila por saber que todos estavam bem no arraial. A noite caiu e nada do tenente chegar para o jantar, agora, já tinha certeza que ele demoraria, então chamei Bárbara e Francisco para sentarem-se a mesa comigo. Jantamos e Francisco contava as coisas do trabalho dele, do tamanho do solar que estava construindo para um comerciante, que parece que ficou rico emprestando dinheiro a juros.

## Capítulo 8 – A chegada do bebê

Terminamos e eu fui para o meu quarto, eu estava muito inchada então deitei e coloquei uma elevação em minhas pernas. Senti uma cólica bem forte e, em seguida, saiu um líquido que molhou toda a cama. Gritei pela Bárbara algumas vezes e escutei ela subindo a escada: "o que aconteceu Ana?" Pedi que ela chamasse a parteira, pois havia chegado a hora, mas que ela mandasse Francisco já ir aquecendo a água, eu já tinha os panos limpos no quarto. Eu fiquei sozinha sentindo umas cólicas tão fortes que o corpo involuntariamente contorcia, não me lembrava que as dores do parto eram tão fortes, não sei se por que esqueci ou por que agora sentia com mais força. Bárbara estava demorando para voltar, então comecei a ficar preocupada. E se ela não tivesse encontrado a parteira em casa? Gritei por Francisco e o coitado entrou com uma cara de desesperado no quarto, daí, perguntei por Bárbara e ele disse que ela já estava atrasada e que já devia ter voltado. Quando ele terminou de dizer isso, acho que ele percebeu que precisava ter me acalmado, em vez de me preocupar ainda mais, então, ele completou: "mas senhora ela já deve estar chegando, pois a parteira não mora tão perto assim." Tomara que ele esteja certo, não dou conta de dar à luz sozinha.

Sabia de casos de mulheres que tiveram seus filhos sem a ajuda de uma parteira, mas não sei se eu conseguiria. As dores foram aumentando e parecia que meu corpo já pedia para eu fazer a força para expulsar o bebê. Pedi para Francisco trazer água quente e a tesoura de costura que estava na sala junto com minhas linhas e minhas lãs. E disse que se elas não chegassem a tempo ele deveria me ajudar. Ele fez uma cara de espanto quando eu disse isso, mas só tinha ele na casa e, sozinha, eu não conseguiria fazer aquele parto. Ele voltou prontamente com tudo que lhe havia pedido e eu já não tinha mais como evitar as contrações para o bebê sair e comecei a fazer força. Graças a Deus, nessa hora, Bárbara entrou no quarto com a parteira, Francisco se ajoelhou no chão e agradeceu a Deus. A parteira, experiente como era, colocou a mão para ver como o bebê vinha e disse que estava de ombro, vai ver que por isso doía tanto, então, ela pegou uma faca afiada e me fez um corte, que doeu ainda mais que as contrações. Bárbara segurou em minha mão e me pediu para ser forte e fazer mais força que a criança já estava quase saindo. Eu nunca me achei uma pessoa forte, mas, nessa hora, eu tirei uma força de onde eu nem sabia que tinha. Forcei mais uma vez e parece que já dava para ver o bebê, a força que fiz foi tanta, que apertei tanto a mão da Bárbara, coitada, acho que quase lhe quebrei os ossos e, nessa última força, a criança saiu.

Senti um alívio imediato pelo cessar das cólicas, mas o corte estava doendo muito. A parteira me disse: "é um menino senhora." Eu queria uma menina, mas estava tão satisfeita por ter conseguido dar a luz a mais um filho, que não me preocupei com isso. A parteira cortou o cordão, lavou a criança, que chorava muito, embrulhou-a no pano que havíamos feito para ele e me deu, disse para eu colocá-lo no peito. Dessa vez, eu não teria a ajuda de uma ama de leite como tive no arraial, então, já tinha me acostumado com a ideia de que eu mesma teria que amamentá-lo. Enquanto a parteira, mexia no corte que havia feito em mim, eu deixei o bebê amamentando no meu peito. Certamente, o mais dolorido do parto havia sido fazer e fechar o corte. Depois que o bebê dormiu em meu peito, dei-o para Bárbara colocá-lo no cesto. Com muita dificuldade, levantei, peguei o dinheiro e entreguei para a parteira, perguntei se ela queria que Francisco a acompanhasse até a sua casa e ela achou bom. Mesmo que as ruas fossem movimentadas à noite, ela podia ser roubada, pois tinha fama de parteira e muitos imaginariam que ela estaria voltando de um parto àquela hora da noite e que, provavelmente, tinha dinheiro com ela.

Despedi-me e, quando olhei para o quarto, tudo estava uma bagunça e eu temia pela reação do tenente. Pedi para Bárbara retirar a roupa de cama, descer com as vasilhas, os panos e a tesoura e subir com um pano para limparmos o sangue e o líquido que havia no chão. Como o colchão estava molhando, sugeri que virássemos para ver se o outro lado estava seco. Para minha sorte, estava. Estendemos uma roupa de cama limpa, fui me lavar e trocar de roupa. Como estava exausta, coloquei o cesto do bebê do meu lado na cama. Agradeci a Bárbara e disse que precisava dormir. Acordei com o tenente entrando com aquele, agora costumeiro, cheiro de perfume. Ele percebeu que tinha algo estranho no quarto aproximou-se de mim e do bebê, iluminando-o com a candeia que ele tinha nas mãos. Então, eu levantei o corpo e disse: "o nosso filho nasceu agora há pouco Emílio, é um menino forte." Ele iluminou bem o rostinho da criança e perguntou: "mas e a parteira? Como foi isso?" Contei-lhe como tinha ocorrido tudo e disse que eu estava muito cansada. Não sei se por causa do barulho ou da luz que o tenente insistia em colocar no rosto do bebê, mas ele acordou chorando. Imediatamente, peguei ele no meu colo e coloquei para mamar. Na hora em que fiz isso o tenente me olhou com uma cara estranha, será que ele nunca viu uma mulher branca amamentar o filho? Não quis aprofundar nisso, então perguntei: "qual nome devemos dar a ele?" O tenente fez um semblante pensativo e disse: "ele vai se chamar Joaquim." Ele foi tão determinado em sua escolha, que não cabia a mim mais dizer se eu gostava ou não do nome, então, simplesmente, aceitei. Joaquim caiu no sono novamente no meu peito e eu o coloquei no cesto. Emílio deitou-se ao meu lado e passou a mão na minha cabeça e dormiu. Eu, em seguida, caí no sono também.

Acordei antes de Emílio com uma ameaça de choro de Joaquim, como já estava dia, resolvi tirar o bebê do cesto e descer com ele para tomar café. Eu tinha muita fome e parece que a Bárbara havia adivinhado que eu acordaria assim, ela preparou um café com dois tipos de bolo e tinha pão. Perguntei de onde ela tirou dinheiro para fazer tudo aquilo e ela disse que Francisco fez questão de pagar. Daí, comentei com ela sobre as caras de susto que ele fazia ontem, com medo de ter que fazer o parto. Rimos e, ao rir parece que forcei o corte que tinha. Eu estava com muita vontade de fazer xixi, mas temia a dor que sentiria, porém, já não tinha mais como segurar, então, entreguei Joaquim para Bárbara e fui fazer. Ardeu tanto que eu tinha vontade de gritar de dor, mas me contive, pois podia acordar o tenente. Saiu muito sangue junto, mas eu acho que era normal, pois, na outra gravidez, foi da mesma forma, tirando essa dor do corte que eu não tive no nascimento de Antônio. Voltei para a mesa e Bárbara se divertia com Joaquim, como era pequeno e frágil, ele mal abria os olhos. Deixei os dois juntos e aproveitei para comer, estava realmente morrendo de fome.

Quando estava comendo o tenente desceu e, logo que me viu, me reprendeu por não ter esperado por ele. Eu pedi desculpas e disse que, por causa do parto, eu estava com muita fome. Ele olhou a mesa caprichada, mas nem perguntou de onde saiu o dinheiro para tudo aquilo, vai ver que ele achava que a miséria que deixava era o suficiente para comprar aquela comida toda. Enfim, mesmo sem a barriga, eu devia tentar, ao máximo, não provocar a sua ira. Ele olhou para Joaquim no colo da Bárbara e não mostrou muito entusiasmo ou alegria. Ele estava com o mau humor de costume. Ainda bem que, hoje, não era domingo, pois, assim, eu não teria que ficar com ele o dia todo. Dessa vez, ele saiu e nem me deu o beijo de despedida na testa. Não me importei também. Joaquim começou a chorar no colo da Bárbara, tomei-lhe das mãos dela para amamenta-lo. Até que essa história de amamentar não era tão ruim assim, o problema é quando começa a fazer ferida no peito, quando isso acontecia, na época de Antônio, mamãe logo providenciava uma escrava, que havia dado recentemente a luz, para amamentar o meu filho enquanto a ferida curasse. Agora, quando isso ocorresse, eu deveria sentir a dor e continuar a amamentar. Conseguir uma ama de leite na capital não deve ser difícil, mas deve ser caro e, agora, nas minhas atuais condições, eu não teria como arcar com este custo e tenho certeza que o tenente não pagaria para mim.

Compartilhei com Bárbara que o corte estava doendo demais, ela me disse que tinha descoberto um ervanário e que iria lá comprar umas ervas que auxiliariam na cicatrização. Dei uns trocos que eu tinha e pedi para ela ir imediatamente comprar para mim. Ela saiu e eu fiquei sozinha com o bebê, olhei bem para ele e, embora, não dê para saber ao certo com quem uma criança se parece logo nos seus primeiros meses, me pareceu que Joaquim não tinha a menor semelhança com o tenente. Oh! meu Deus, e se ele não for filho do tenente e se ele desconfiar disso também? O dia estava frio mas tinha sol, então, depois de limpar Joaquim, fui com ele até o pátio para nos aquecermos sob o sol, coloquei um pano para lhe tampar o rosto, pobre, seria muita claridade para ele. Ficamos ali, no pátio, olhando as flores e ouvindo as galinhas cacarejarem por um tempo. Quando entrei, Bárbara já estava na cozinha preparando a mistura de ervas, pedi para que, quando ela terminasse, segurasse Joaquim um pouco para eu ir buscar o cesto dele no quarto. Ela me disse que o ideal era eu deitar para aplicar a mistura com as ervas e ficar por um tempo deitada. Então, subi com o bebê que já dormia, deitei-o no cesto ao meu lado e apliquei uma camada grossa da mistura no corte, como Bárbara havia me orientado. Eu estava realmente muito cansada, então, em seguida, caí no sono. Acordei com Bárbara entrando no quarto com um prato de comida, ela falou que era melhor eu ficar mais quieta por esses dias. Então, disse a Bárbara: "não sei o que eu vou fazer sem você Bárbara? E não digo isso por que você me serve, mas sim pelo cuidado e carinho que você tem comigo, sei que as escravas não têm esse cuidado com as suas donas." Ela ficou feliz com o que eu disse, colocou a mão no meu ombro e falou: "Ana, você sabe que gosto e tenho carinho pela senhora desde que éramos crianças." Verdade, e como éramos felizes na nossa infância na fazenda de meu pai. Chego a pensar, hoje, que foi o período mais feliz de minha vida. Engraçado como não temos essa consciência quando estamos vivendo as fases da vida. Será que eu estava vivendo agora a fase mais triste da minha vida? Só daqui a um tempo eu poderia ter certeza disso.

 Almocei e deixei o prato ao lado. Joaquim acordou e eu o coloquei no peito. Ele demorava muito para mamar, eu tinha que ter paciência. Depois eu o colocava de pé no meu ombro e fazia ele arrotar, balançava mais um pouco e ele caía no sono. Voltei com ele para a cesta e dormi também. Acordei com frio logo que a noite caía. Desci e pedi um chá para Bárbara, peguei mais uma coberta e voltei para a cama. Desci quando escutei o tenente chegar. Deixei o bebê no cesto, pois ele dormia ainda. O jantar já estava na mesa, o tenente se lavou na cozinha mesmo e sentou para comer. Não falou muito e nem perguntou pelo Joaquim. Jantamos praticamente em silêncio, depois sentamos na sala, ele fumou e eu fiquei olhando e pensando se faria mais uma manta para Joaquim ou se um casaquinho bem grosso e cumprido de lã. Resolvi fazer a manta, pois ainda tínhamos mais uns dois meses de inverno. Escutei Joaquim começar a chorar no quarto, então, pedi licença para o tenente e subi rapidamente.

Quando o tenente entrou no quarto eu ainda estava dando de mamar e ele disse-me: "eu terei que aguentar esta criança chorando e você a amamentando a noite inteira?" Havia um outro quarto do lado ao da Bárbara, que dormia no primeiro andar da casa, mas era muito mofado e estava cheio de entulhos. Não era possível que o tenente queria que eu e o bebê fossemos para ele, por que ele não dormia na casa de sua amante e nos deixava em paz? Resolvi perguntar o que ele sugeria, mas antes coloquei o bebê no cesto: "Mas, Emílio, o que você sugere?" Ele disse prontamente: "que você e o bebê durmam no quarto lá embaixo, eu tenho que trabalhar o dia todo e não posso ficar acordando a noite toda!" Então eu argumentei que o quarto não estava em condições, quando disse isso, ele segurou o meu cabelo e puxou com muita força e disse com raiva: "faça o que eu estou mandando." Meus olhos encheram de lágrimas, não aguentava mais sentir dor e, quando ele viu que eu quase chorava, ele me deu uns tapas na cara e disse: "você que quis ter esse filho, agora aguente as consequências." Então, ele me bateu com mais força e eu caí no chão, eu me encolhi, mas ele, mesmo assim, me chutou algumas vezes. Enquanto ele me batia eu pensava, como assim, que eu escolhi ter o filho? Depois que ele deu-se por satisfeito, ele disse: "agora desça com essa criança que não quero mais vê-los por hoje."

Peguei o cesto com o bebê e desci. Estava com o corpo todo doendo. Fui até o quarto de Bárbara e pedi que ela me ajudasse a arrumar, mais ou menos, o quarto. Fizemos o que podíamos àquela hora da noite e eu deitei no colchão ruim que tinha lá. Bárbara me trouxe um chá e pediu que eu me acalmasse. Dei de mamar e troquei Joaquim mais uma vez, ele dormiu e eu fiquei com os meus pensamentos. O tenente era mais cruel do que eu imaginava, por que, antes, sempre que ele me agredia, ele estava bêbado, mas, desta vez, ele não estava. Ele nem queria ver o rosto de Joaquim mais, eu também tinha muita aflição de recém-nascido, mas eu sabia que tinha que cuidar muito bem dele para que não morresse e, já que sou mãe, eu não tinha outra escolha. Agora, por que ele acha que eu resolvi engravidar? Como se eu tivesse escolha. O cheiro de mofo do quarto era insuportável, ainda bem que tinha roupa de cama limpa que estava para passar, pois o tenente não me deixou pegar nada lá de cima. Como eu iria sair desta situação? E agora, com esse bebê, qualquer fuga seria muito mais difícil. Acabou que meus pensamentos me levaram a cair no sono.

No dia seguinte, acordei com o princípio do choro de Joaquim, logo o peguei no colo e dei de mamar. Escutei o tenente descer a escadas e fiquei bem em silêncio, então escutei ele dizer: "que moleza é essa escrava? Não vê que já sentei, cadê o meu café?" Como alguém pode ter se transformado desta maneira? Ou será que ele sempre foi assim e eu que não percebi? Eu realmente não tinha muito olho para perceber as pessoas, mas como podia ter me enganado desta forma? Está certo que eu abandonei o meu marido e carrego minha culpa e pago o meu preço por ter feito isso. Mas, com certeza, cobiçar a mulher do próximo como ele fez, me ludibriar fingindo ser uma pessoa que não era, também não vai lhe trazer nada de bom na vida. Escutei ele dizendo à Bárbara que este dinheiro era para mandar fazer uma cama para mim que agora iria dormir no quarto aqui embaixo. Em seguida escutei a porta bater.

Terminei de amamentar, voltei com Joaquim para o cesto, levantei com muito custo, pois estava com o corpo já todo doendo por causa do parto e depois dos chutes do tenente, tudo ficou ainda pior. Não tinha forças para tirar do chão o cesto com Joaquim dentro, então fui até a cozinha e pedi para Bárbara pegá-lo, pois, para a criança não seria bom ficar ali naquele quarto respirando aquele mofo. Bárbara deixou o cesto na sala, Joaquim parecia que seria uma criança tranquila, pois até dormia bem durante a noite e não chorava muito. Talvez ele já tenha entendido o ambiente no qual havia nascido. Sentei e Bárbara logo veio me dizer: "Ana, Francisco só foi levar a tina e já volta, ele vai nos ajudar a arrumar o quarto, a tirar os entulhos e arrumar as paredes. O tenente deixou dinheiro para comprarmos uma cama, mas Francisco sabe fazer uma bem rápido, então vamos comprar a madeira e os outros materiais e, com o que sobrar, vamos poder comprar um colchão novo." Depois de falar isso, Bárbara foi para o quarto abrir a janela para deixar o sol bater lá dentro. Eu estava tão arrasada, tão humilhada e com dores por todo o corpo que não tinha energia para mais nada, a não ser para amamentar e trocar Joaquim. A fome que eu tinha no dia anterior havia ido embora, comi por que Bárbara disse que se eu não comesse não teria leite e isso certamente seria pior, pois teríamos que comprar leite para Joaquim, o que aumentaria os custos da casa, e os bebês choram mais quando não mamam no peito.

Francisco voltou e ele não estava mais com aquele cheiro de urina, negro esperto, já deve ter achado um jeito de se lavar. Ele me olhou com uma cara de pena que me fez imaginar como devia estar roxo o meu rosto, mas desta vez eu preferia não me olhar no espelho. Ele pegou o dinheiro com a Bárbara e saiu em seguida para comprar os materiais para arrumar as paredes e fazer a cama. Ele voltou com mais um negro, foi até a sala e me disse que não me preocupasse, que era um amigo de confiança e que ele o ajudaria a terminar o serviço rapidamente. Eles montaram uma estrutura no pátio para fazerem a cama e se dividiram, o amigo ficou cortando a madeira e Francisco foi ajudar Bárbara a tirar o restante dos entulhos, que colocaram perto do galinheiro numa cobertura que improvisaram. Eu, na verdade, o máximo que conseguia fazer era observar a movimentação, não tinha ânimo nem forças para mais nada.

A noite caiu e eles tiveram que parar com o trabalho. O amigo foi embora e prometeu voltar no dia seguinte, Bárbara tinha arrumado o colchão novo no chão para eu dormir. O quarto agora, além do cheiro de mofo, tinha o cheiro de obra, mas era melhor ficar ali dentro com a porta fechada para dormir, senão as baratas e ratos podiam entrar. Como havia desses bichos na capital, não me lembrava de ter tantos assim no arraial. Para minha sorte, o tenente não voltou para o jantar, jantei com Bárbara e Francisco, agradeci a eles por arrumarem o quarto. E fui dormir com Joaquim. Bárbara bateu a porta e entrou: "Ana trouxe as ervas para você colocar no corte para cicatrizar mais rápido, seria bom você dormir com elas." Fiz o que ela me mandou. Joaquim acordou umas duas vezes, amamentei-o, troquei e, mesmo com aquele cheiro, caímos no sono.

No dia seguinte, fiz como no anterior, fiquei do quarto escutando os barulhos do tenente e esperei ele bater a porta da rua para me levantar. O lado bom de estar ali era que não precisava mais dividir a cama com ele, sentir o cheiro da amante dele, ou mesmo ser acordada por ele no meio da noite e ainda ser agredida. Quando ele saiu, eu levantei, fui à cozinha, Bárbara foi pegar Joaquim no cesto, abriu as janelas para ventilar e, em seguida, chegaram Francisco e o seu amigo para terminarem o serviço. Coitados, deviam estar deixando de ganhar dinheiro na rua para fazerem isso aqui em casa. Tudo bem que eu havia combinado que Francisco ajudaria nos serviços da casa em troca do abrigo, mas, mesmo assim, eu sabia que ele ganhava muito dinheiro trabalhando na rua e, por isso nunca demandava algo que ele não poderia fazer no domingo ou em suas horas livres. Bárbara e Francisco demonstravam um carinho tão grande por mim que a verdade é que nem o tenente o tinha e muito menos sentia isso com José Fernandez.

O máximo que consegui fazer durante o dia todo foi aquecer-me no sol com Joaquim, me alimentar com muito custo, amamentar e trocar-lhe as fraldas. Antes de anoitecer, o amigo terminou a cama e, com a ajuda de Bárbara e Francisco, colocaram-na no quarto, que já tinha as paredes prontas. O cheiro de mofo parecia ter sumido, mas, agora, tinha um cheiro de parede nova que em breve sumiria. Colocaram o colchão novo sobre a cama e tudo pareceu muito confortável, me deu uma alegria poder ficar ali tranquila com Joaquim. Tomara que o tenente nunca venha até o meu quarto.

## Capítulo 9 – A liberdade

Depois de um mês eu me sentia mais forte então resolvi ir tomar café quando o tenente descesse, para começar a achar um jeito de resolver a situação da Bárbara. Ela havia me dito no dia anterior que Francisco já tinha 150$000 réis e que ele queria saber por quanto a venderíamos e se podíamos quartar a liberdade dela, daí, ele pagaria agora essa quantia e o restante ao longo dos próximos meses e tudo, claro, deveria ficar registrado no título de liberdade. Bom, eu não fazia ideia quanto Bárbara custaria e como eu, provavelmente, não ficaria com o dinheiro, por mim dava-lhe a liberdade gratuitamente, pelos bons serviços que me tem prestado. Disse isso para ela, mas, como ela sabia da minha situação, ela entendeu perfeitamente que eu não poderia fazer isso.

Escutei o tenente descendo as escadas e fui até a cozinha. Ele ficou surpreso ao me ver e, para minha própria surpresa, ele me perguntou se eu estava bem. Disse que sim e perguntei se estava tudo bem com ele e no trabalho. Ele falou que o Brasil, provavelmente, ficaria independente de Portugal nos próximos meses e que ele temia por uma guerra civil, pois o exército estava dividido entre aqueles que apoiavam a independência e aqueles que não. Perguntei se os que não apoiavam a independência eram portugueses, ele me respondeu que não necessariamente, pois ele mesmo é português e apoia a independência, assim como ele, havia outros colegas no quartel. Tomamos café, e tudo parecia em harmonia, graças a Deus. Deixei Joaquim no quarto e o tenente também não pediu para vê-lo. Ele se despediu de mim com o costumeiro beijo na testa e saiu.

Fui buscar Joaquim assim que o tenente saiu, pois, mesmo depois da reforma, o quarto ainda cheirava a mofo. Fui com ele para a sala e, quando ele acordou, levei-o ao pátio, onde dei de mamar. Para a nossa sorte, o frio estava indo embora e os dias estavam mais agradáveis. Fiquei ali por um tempo, ele dormiu e eu entrei para colocá-lo no cesto. Deixei ele em seu berço sobre mesa e fui ao encontro de Bárbara na cozinha. Perguntei se ela e Francisco já tinham onde morar? Ela me disse que haviam conseguido um casebre, até perto de onde morávamos, por um preço que eles conseguiriam pagar. Pedi para ela não me abandonar totalmente e vir me visitar. Felizmente, ela prometeu continuar vindo. Compartilhei com ela a minha angústia com relação ao que o tenente faria com o dinheiro, pois eu realmente precisava de uma outra escrava para me ajudar, ainda mais agora que tínhamos um bebê. Ficamos ali conversando. O entusiasmo de Bárbara com a expectativa da liberdade contagiava-me, mas o que significaria ser livre na cabeça dela? Não ser mais minha propriedade? Mas que diferença faria na vida dela? Tudo bem que agora ela seria dona de si, poderia ir e vir sem me pedir, mas, antes, ela podia também, eu sempre cuidei bem dela. Mas ela estava tão feliz, que eu não poderia questionar em que mudaria a sua vida. Na verdade, ao refletir sobre isso, chego a pensar que ela, hoje, já é mais livre do que eu.

Eu passei o dia pensando em como falar para o tenente que Francisco já tinha uma quantia significativa de réis e queria comprar a liberdade de Bárbara de forma quartada. E se Francisco fosse embora de casa teríamos que pagar um outro negro para retirar a tina, assim como faziam as casas que não tinham quem realizasse o trabalho. Às vezes, colocamos isso como condição para vender a liberdade? Vamos ver como evolui a conversa com o tenente.

Bárbara caprichou no jantar e eu dei de mamar para que Joaquim dormisse antes do jantar e não fazer barulhos que pudessem irritar o tenente. Para mim, estava sendo um alívio sempre que ele não voltava para jantar, mas, hoje à noite, eu queria que ele voltasse, precisava cumprir a promessa que fiz para Bárbara e seria muito triste frustrar as suas expectativas de ser livre. O tenente chegou e eu o esperava na sala. Perguntei se estava tudo bem e ele disse que sim e subiu para se lavar. Quando ele desceu perguntei se queria beber um vinho durante o jantar e ele balançou a cabeça de forma positiva e pegou um no armário. Sentamos e Bárbara logo veio com as taças e serviu o jantar, primeiro para o tenente, e depois para mim, como de costume. O tenente começou a falar das questões do Brasil, de como seria se ficasse independente, se todas as províncias aceitariam. E que ainda Dom Pedro tinha que visitar pelo menos Minas Gerais e São Paulo para sentir o clima. Enquanto ele falava, eu balançava a cabeça e fingia escutar com atenção, pois, na verdade, eu estava mais preocupada em resolver a questão da Bárbara. Aliás, pensando melhor, o ideal seria se desse uma reviravolta e todas as tropas portuguesas no Brasil tivessem que voltar para Portugal. Essa seria a melhor coisa que podia me acontecer, pois, assim, o tenente teria que ir embora e eu ficaria aqui. Eu compraria um tear e viveria dos tecidos que venderia.

Quando o tenente já tinha bebido umas duas taças e meia e o assunto dele parecia ter acabado, eu disse: "Emílio, você lembra de nossa promessa para Bárbara?" Ele disse que sim, então eu continuei. Pois bem, Francisco Crioulo trouxe uma parte do dinheiro com ele do arraial e já conseguiu inteirar mais um tanto para comprar-lhe a liberdade e como tudo que era meu é seu agora, gostaria que o senhor resolvesse isso de vendê-la para ele. Quanto o senhor acha que ela vale?" O tenente gostava quando eu agia de forma bem submissa, ele, prontamente, me respondeu: "teria que averiguar com quem entende de escravos, Ana." Completei: "me parece que ele não terá todo o dinheiro de uma vez, dependendo do valor, então teria que ver se podemos quartar a liberdade para que paguem um pouco agora e o restante mais para frente dividido em parcelas." Visivelmente o tenente não gostou desse parcelamento, então, para animá-lo disse: "para dar-lhes esse benefício, podíamos pedir para Francisco continuar tirando a latrina por mais um ano, pois teríamos que pagar alguém de toda forma, daí economizaríamos este dinheiro." O tenente olhou-me e disse: "até que você não é tão idiota como parece, Ana." Para os homens, todas as mulheres são limitadas, burras e incapazes, que ódio que eu tinha disso, pois me sentia muito mais inteligente do que ele, além do mais, eu não precisava usar a força para conseguir o que queria. Mas, enfim, engoli o que ele disse e dei um sorriso, fingindo que havia interpretado como um elogio. Terminamos a conversa com o tenente me dizendo para Francisco procurá-lo amanhã antes do jantar, pois, durante o dia, ele se inteiraria de quanto valia Bárbara.

Como de costume, fomos para a sala e o tenente fumou o seu tabaco e eu fiquei às voltas com a nova peça de crochê que estava fazendo para Joaquim. Eu sentia que começava a me afeiçoar ao bebê, parecia que ele entendia o meu sofrimento e me dava o mínimo de trabalho possível, dormia por longas horas e, desta vez, o meu peito tinha algumas feridas devido a amamentação, mas não eram muitas, então, eu conseguia continuar a amamentá-lo. O tenente começou a me olhar com uma fisionomia curiosa e fiquei com medo dele querer que algum prazer sexual com a minha pessoa, aliás, já faziam meses que ele não me levava para a cama. Provavelmente, devido ao seu relacionamento com a amante do perfume forte, pensando bem, por ela ter o aguentado por esses meses, ela bem que mereceu aquele meu par de brincos que havia sumido da caixinha. Então ele me disse: "você está magra, Ana, voltou com o seu corpo." Quase que lhe respondi, mas também, depois de tanto sofrimento, o que queria? Mas fiquei calada e dei um sorriso discreto. Ele me perguntou se a criança estava bem e eu disse que graças a Deus, sim e que estava dormindo. Então ele me falou para acompanhá-lo até o quarto. Eu não tinha como dizer não, daí disse para ele ir subindo e fui até Bárbara e pedi para ela ficar atenta, caso Joaquim chorasse, pois eu teria que ir ao quarto do tenente.

Subi e ele já estava na cama me esperando. A noite estava agradável e, como eu queria que ele voltasse a ser o homem que eu havia me apaixonado, queria conversar sobre isso com ele, perguntar-lhe por que ele estava me maltratando daquela forma, mas tive medo e fiquei calada. Ele me disse para deitar e quis me beijar, fechei o olho e imaginei que era o Emílio de antes, pois caso contrário, seria muito sofrimento para mim, pois daquele Emílio eu tinha nojo e repulsa. Mas não tinha jeito de apagar as agressões dos últimos tempos, sei que muitas mulheres conseguiam, ou fingiam conseguir continuar apaixonadas por seus maridos, mesmo após serem espancadas, mas eu, realmente, não conseguia e, para mim, tê-lo sobre o meu corpo era muito ruim, era pior ainda do que com José Fernandez. Ele terminou e fiquei ali em silêncio por um tempo e, quando ele caiu no sono, eu desci para o meu quarto, estava preocupada com Joaquim. Para minha sorte, ele continuava dormindo com uma carinha de paz que até me contagiou. Mesmo tendo sido de uma forma bruta, como era bom ter o meu quarto e de Joaquim.

Joaquim acordou duas vezes durante a noite para amamentar, mas, em seguida, voltou a dormir. Acordei com os barulhos que Bárbara fazia na cozinha para preparar o café e achei melhor levantar, pois devia lembrar ao tenente, sem ele perceber que estava sendo lembrado de algo por uma mulher, de ver quanto valia a escrava. Ajudei Bárbara a colocar a mesa e fiquei ali sentada esperando o tenente acordar. Não quis trazer Joaquim para a sala, pois o tenente era loiro e eu também e o menino tinha o cabelo e os olhos pretos, assim como José Fernandez, então, não queria que ele o visse, ainda mais agora, que estávamos sob negociação. O tenente desceu, deu-me bom dia e sentou-se. Ele não parecia mal-humorado como de costume. Comemos em silêncio e eu lhe disse: "que horas é bom para o senhor meu marido que eu marque com Francisco?" Ele me olhou e disse: "é mesmo, estava me esquecendo disso, pois marque na hora que eu costumo chegar, pois assim resolvemos isso antes do jantar." Perguntei: "e quanto o senhor acha que vale a escrava?" Ele me falou que tinha umas ideias de preço mas que consultaria hoje e que eu não me preocupasse, que isso era assunto de homens e ele resolveria. Ele levantou, deu-me um beijo na testa e saiu.

Bárbara logo veio ao meu encontro e me agradeceu. A verdade é que eu tinha que cumprir a minha promessa, mas maldita a hora que prometi isso para ela e fugi do arraial, como eu queria

**105**

ter tido uma maneira de adivinhar o futuro, naquela época, para não ter feito isso. Esse pensamento de arrependimento me surpreendeu, pois sempre pensava que, pelo menos, eu havia vindo em busca de algo que eu havia escolhido, da expectativa de viver um amor e ter ido em busca de algo que eu escolhi, mesmo tendo escolhido mal, isso me confortava. Mas, agora, devido aos últimos acontecimentos, a verdade era que eu me arrependia. Mas não tinha mais volta, então resolvi cuidar dos meus afazeres do dia e pensar em outra coisa.

Francisco voltou antes que de costume para esperar o tenente, vi pela sua fisionomia que ele estava muito nervoso. Então resolvi acalmá-lo: "Francisco, vai dar tudo certo e, em breve, você estará com Bárbara, livre, vivendo com você. É só você ter firmeza ao negociar com o tenente." Ele cobriu o rosto com as duas mãos e as tirou rapidamente e disse que eu tinha razão, pareceu que, após fazer este gesto, ele tinha se acalmado. Falei para ele ficar na cozinha e somente aparecer quando o tenente chegasse, não era bom ele nos ver juntos. Fui esperar pelo tenente na sala fazendo o meu crochê. Logo em seguida, ele chegou e foi ao meu encontro e me perguntou pelo forro. Fui até a cozinha chamá-lo e achei melhor ficar por ali um tempo para que eles negociassem sem a minha interferência. Segurei na mão de Bárbara e ficamos ali tentando escutar as conversas. O tenente pediu 400$000 réis por Bárbara, o que era um valor bem elevado. Francisco não negociou o preço e disse que tinha 150$000 para entregar-lhe de imediato e que o restante teria que dar-lhe em duas parcelas: uma até o final do ano e outra até o meio do ano seguinte. E que, como o tenente sabia que ele era um forro de palavra, teria que conceder-lhe a liberdade de imediato para que os dois fossem viver juntos em outra casa. Bárbara sorriu para mim nesta hora, pois Francisco havia falado de forma bem firme com o tenente, até eu fiquei surpresa e orgulhosa dele. Mas eu tinha medo ainda do que o tenente podia falar. Houve um silêncio por um tempo e o tenente usou de meu argumento: "tudo bem, essa pode ser a forma de pagamento, mas você terá que continuar a recolher a latrina diariamente para mim por mais dois anos." Ele aumentou o tempo, mas, ainda assim, eu, no lugar de Francisco, aceitaria e foi o que ele fez. Na hora, fiquei muito feliz por Bárbara e Francisco, mas, ao pensar em mim, vi o problema que eu estaria entrando. Pois como faria sem Bárbara? Bárbara havia me dito que eu conseguiria comprar uma escrava de uns 50 anos, em bom estado e com habilidades para o trato da casa, com os 150$000 réis. Mas será que o tenente compraria?

## Capítulo 10 – A doença

Passou uma semana e Bárbara e Francisco mudaram-se, como me sentia sozinha naquela casa sem eles, ainda bem que eu tinha Joaquim. Enquanto o tenente não resolvia se comprava a escrava ou não, eu tive que começar a fazer todo o serviço de Bárbara e ainda cuidar de Joaquim. Agora, o tenente sempre reclamava da comida, do uniforme mal passado, do piso que estava gorduroso e outras coisas que ele sempre achava. Não passava um dia sem uma reclamação. A minha alegria era ver a felicidade que Joaquim demonstrava quando me via. Ele tinha um sorriso tão bonito que me alegrava o coração. E ele, agora, não acordava mais para mamar durante a noite, o que era uma sorte, pois eu sempre ia dormir exausta.

O tenente nunca me perguntava por Joaquim, parecia que, para ele, não tínhamos um filho e eu, como tinha minhas dúvidas se ele era realmente o pai, achava melhor não lhe impor a criança. Eu estava ficando melhor na cozinha e, hoje, Bárbara tinha vindo me ajudar a matar uma galinha, que cozinhei com batatas inglesas para o jantar. O tenente chegou e eu disse que havia caprichado no jantar, para ver se ele ficava contente, então, ele me respondeu: "quero ver." Servi-lhe o prato e me servi. Ele provou umas duas vezes e jogou os talheres com força sobre a mesa e disse: "você me gasta uma galinha e batatas inglesas para fazer isso? Nunca comi uma comida pior na minha vida." Ele se levantou, puxou-me pelo cabelo, pegou com a outra mão a panela e me levou até ao lado do galinheiro onde tinha uma terra preta que esperava ser cultivada e jogou a comida toda ali, depois, me empurrou no chão e me disse para dormir com as galinhas esta noite para ver se aprendia com elas a cozinhar.

Um desespero me invadiu, uma preocupação com Joaquim, e se ele acordasse com fome e começasse a chorar o que o tenente podia fazer com ele? A comida nem estava ruim assim, fiquei ali olhando para a comida naquela terra preta, pensando na vida infeliz e de humilhações que eu vivia. Resolvi abrir o galinheiro para as galinhas comerem aqueles restos e fui me sentar na cadeira que ficava no pátio. Estava com frio e não tinha nada para me aquecer. Fiquei atenta aos barulhos de dentro da casa, pois se eu escutasse Joaquim chorar bateria na porta até que o tenente a abrisse para mim. Fiquei ali por um longo tempo, até que Joaquim começou a chorar bem alto. Comecei a bater na porta e gritar desesperadamente. Certamente, os vizinhos escutaram o escândalo, mas eu estava era preocupada com Joaquim e não queria que o tenente batesse nele, era muito pequeno ainda. Depois de um tempo escutei o tenente descendo as escadas e, para minha sorte, ele abriu para eu entrar e cuidar de Joaquim. Fui correndo para o quarto e fechei a porta, desejando que ele não viesse até ali. Parece que Deus escutou as minhas preces e ele não foi até o quarto. Coloquei Joaquim no peito e ele logo se acalmou. Eu estava com muito frio e parece que a tosse, que já me perseguia há alguns dias, havia se agravado. Coloquei Joaquim no cesto e caí no sono. Acordei no dia seguinte com a cama toda ensopada de suor, será que eu tinha tido febre durante essa noite também? Enfim, não importava, tinha que correr para preparar o café para o tenente, não queria mais ser agredida. Então, me levantei rapidamente e levei Joaquim comigo para a cozinha. Preparei o café, coloquei a mesa e o tenente desceu. Só de escutar os seus passos descendo a escada eu já sentia medo. Sem dizer uma única palavra, eu servi o café e voltei para a cozinha, parecia que agora eu era a escrava daquela casa. Ele reclamou da sala: "que dia você vai aprender a fazer um café?" Eu já não aguentava mais os desaforos dele então fingia que não escutava. Continuei tomando o meu café e comendo na cozinha e fazendo palhaçada para Joaquim soltar um sorriso para mim. Escutei o tenente saindo e fui retirar a mesa.

Ainda bem que Bárbara ainda me ajudava levando as roupas para lavar, mas eu não tinha coragem de pedir-lhe que as passasse também, e como era difícil essa tarefa. Peguei as brasas do fogo e fui passar os uniformes do tenente, eu demorava horas e ele sempre dizia que estavam mal passados. Hoje, a tosse estava pior que de costume, deve ter sido o frio que passei ontem, trancada do lado de fora de casa. Até que uma hora tossi, sem tampar a boca, sobre o uniforme que estava passando e vi que saiu sangue. Por que será meu Deus? Já haviam noites que tinha frio e acordava toda suada e agora esse sangue saindo na tosse? Mas, não quis pensar nisso e logo levei o uniforme para lavar, imagina se o tenente visse aquela mancha de sangue em seu uniforme? Terminei de passar e fui me deitar, não tinha mais força para cozinhar um almoço, passei o dia na cama e não consegui levantar para preparar o jantar, o máximo que conseguia fazer era colocar Joaquim no meu peito para amamentar e trocar-lhe as fraldas sujas. Pedi muito a Deus que o tenente fosse encontrar a sua amante hoje à noite, e parece que ele me atendeu, pois ele não chegou na hora de costume. Havia muito barulho na rua as pessoas pareciam comemorar e gritavam que o Brasil era independente. A verdade era que eu dormia e acordava e não sabia mais o que era sonho ou realidade. Acho que estava com febre também e podia ser algum dos delírios que a febre causa na gente. O barulho da rua e da tosse me acordavam o tempo todo e tinha hora que saía tanto sangue que parecia que eu ia afogar-me.

Amanheceu e o tenente não havia vindo dormir em casa, então, quando escutei Francisco vindo buscar a tina, levantei rapidamente e caí na cama novamente por conta da fraqueza que senti. A cama, como de costume, estava toda molhada, levantei-

**109**

me novamente, agora, vagarosamente e fui até Francisco, mas ele já havia deixado a casa. Que negro rápido! O pior que ele voltaria somente amanhã. Fui até a cozinha ver se tinha algo para comer e achei um pedaço velho de bolo, comi e voltei para cama, dei de mamar para Joaquim, ele sorriu para mim algumas vezes e demorou um pouco para dormir. Quando ele dormiu, eu caí no sono novamente, a tosse me acordava o tempo todo e agora toda hora que tossia saía sangue, eu já estava com um pano grande para me limpar. Passei o dia acordando somente para amamentar e cuidar do Joaquim, eu sabia que eu tinha que comer, mas como iria fazer para acender o fogo? Eu não tinha a habilidade de Bárbara e, além do mais, havia pouca lenha na casa. Fui me arrastando até o galinheiro para pegar uns ovos e achei dois, voltei, ascendi com muito custo o fogão à lenha e coloquei os ovos na água e voltei para o meu quarto. Depois de um tempo, voltei e o fogo já estava apagando, a água não fervia, então tirei os ovos de lá de dentro e coloquei numa frigideira. Acrescentei uns gravetos no fogo e conseguir fritar um pouco, comi meio cru mesmo e voltei para a cama.

 A noite caiu e escutei o tenente entrar, na hora de costume, ele ficou muito bravo quando viu que o jantar não estava na mesa. Gritou o meu nome e eu não tinha nem forças para responder em voz alta, então fiquei calada. Joaquim acordou e ficou com os olhos bem abertos, parecia tentar entender o que se passava. Fiz um carinho nele e o tenente entrou bruscamente pelo quarto. Quando ele me viu, à princípio parece que tomou um susto, mas, em seguida, disse: "agora deu para fingir doença para não fazer os trabalhos da casa." Eu já estava tão cansada das ofensas dele que nem respondi. Ele bateu a porta e saiu. Escutei ele subindo as escadas e em seguida descendo, daí ele bateu a porta que dava para a rua. Queria que ele tivesse me ajudado, mas era esperar demais dele, então, na verdade, achei bom ele ter ido embora. A noite estava barulhenta, como a anterior e, pelo o que dava para escutar, parecia que Dom Pedro havia declarado o Brasil independente de Portugal. Será que havia acontecido isso? Amanhã pergunto para Francisco.

Passei uma noite ainda pior que a anterior, o suor, que molhava a cama, me dava frio e parece que me fazia tossir ainda mais, por vezes, sentia-me afogar com a tosse e acordava com uma sensação de desespero. Será que eu estava morrendo? O que eu ia fazer com Joaquim? Acordei com o dia amanhecendo e fiquei esperando Francisco entrar sentada na sala. Eu nunca tive uma gripe daquelas, não tinha forças para nada e parecia que o leite havia secado, por que colocava Joaquim no peito e ele continuava chorando. E se eu o desse para Bárbara cuidar? Nessa hora, comecei a chorar, não queria me desfazer dele, ele era o meu companheiro e o seu sorriso enchia-me de alegria. Francisco entrou e tomou um susto quando me viu naquela situação com Joaquim no colo chorando: "o que aconteceu Ana? E esse sangue na sua blusa?" O sangue que saía na tosse já se espalhava por todos os lados e minha roupa já estava toda respingada. Disse que não estava bem e que não tinha forças para nada, pedi que ele levasse Joaquim para Bárbara cuidar, pois eu achava que meu leite havia secado e eu não tinha como preparar algo para ele comer. Falei para ele pegar o cesto no quarto e as poucas roupas de crochê e de algodão que eu havia feito para ele. Ele me disse para ir com ele, mas eu realmente não conseguiria caminhar até a casa deles. Agradeci e pedi para ele ir logo, pois o menino chorava de fome e que deixasse a tina para depois.

Francisco juntou tudo, eu me despedi de Joaquim; esperava recuperar-me o quanto antes, para voltar a vê-lo logo. Eles saíram e eu caí no choro e se eu não o visse mais? Voltei para o meu quarto e fiquei ali deitada na cama, cochilando e sendo acordada pela tosse. Até que Bárbara chegou; que bom foi vê-la, que tranquilidade ela me passava, mas, para minha surpresa, desta vez ela ficou desesperada. Acho que foi porque ela viu aquele tanto de sangue espalhado em panos pelo quarto, minha roupa suja e eu realmente estava bem magra. Não sei como estava o meu rosto, por que havia dias que não me olhava no espelho. Ela logo perguntou se eu estava comendo; eu disse que não, que não tinha forças para sair de casa para comprar comida, lenha e, muito menos, para cozinhar. Então, ela, imediatamente, saiu em busca de comida. Não deu tempo de perguntar, mas onde será que ela havia deixado o meu filho?

Caí no sono e acordei com ela entrando pela porta com uma cigana, dessas que ficavam perto do chafariz de pedra, achei estranho e fiquei na dúvida se não seria imaginação por causa da febre, mas Bárbara disse: "Ana, ela benze as pessoas e traz a cura, fique tranquila que ela vai te ajudar e eu vou na cozinha preparar uma comida forte para você." Antes que ela saísse, perguntei por Joaquim, Bárbara contou que havia o deixado com uma negra de confiança, que vivia perto de sua casa e que havia acabado de parir e por isso tinha muito leite. E completou: "não se preocupe Ana, ele está em boas mãos, agora temos que cuidar de você." Fiquei com a cigana sozinha no quarto, ela me pediu que tirasse a roupa suja de sangue, passou umas ervas em volta do meu corpo, me jogou uma água gelada, falou umas palavras estranhas, me segurava, me balançava e depois me disse para eu me secar e vestir. Aproveitei para colocar uma roupa limpa que tinha e voltei a deitar. Não tinha forças para ir à cozinha, a cigana foi até Bárbara e acho que foi embora, pois escutei a porta da rua abrir e fechar. Passou um tempo, e Bárbara entrou no quarto com uma sopa e perguntou se eu me sentia melhor. Não queria desapontá-la, afinal, ela deve ter pagado para a cigana vir aqui, então disse que sim. Mas, na verdade, além do frio que senti com a água que ela me jogou, não senti mais nada. O que iria me fazer bem era comer a sopa que Bárbara havia preparado. Mas, infelizmente, parece que, como eu não estava comendo há uns dois ou três dias direito, eu não conseguia comer muito, dei poucas colheradas e não comi mais. Bárbara insistiu muito, então comi mais um pouco, mas fiquei com medo de vomitar e parei.

Bárbara ficou ali do meu lado na cama acariciando o meu cabelo. Perguntei o que estava havendo pois nas últimas duas noites as ruas pareciam mais agitadas. Ela me disse que o Brasil estava agora independente de Portugal. Bem que eu desconfiei, por isso que na outra noite o tenente não voltou para dormir em casa. Bom seria se ele tivesse que voltar para Portugal. Bárbara ficou a tarde toda comigo, conversamos sobre coisas boas: como a nossa infância na fazenda e, antes da hora do tenente chegar, pedi que ela fosse embora, não queria que ele a maltratasse e ela tinha medo dele também. Mas, antes dela sair, pedi que me prometesse que, se acontecesse alguma coisa comigo, ela cuidaria de Joaquim como se fosse filho seu. Ela respondeu que amanhã mesmo eu estaria boa, disse-me que havia deixado sopa na cozinha e falou que voltaria no dia seguinte, bem cedo com Joaquim.

O tenente não chegou na hora de costume, o que me deu uma certa tranquilidade. As noites já estavam muito sofridas com aquela tosse que me afogava e não me deixava dormir, os delírios da febre e o suor que molhava a cama. Sentia falta de Joaquim ao meu lado, será que ele estava bem? Com certeza, era melhor ele ficar aos cuidados de Bárbara, do que me vendo como estava. A tosse não tinha melhorado nenhum pouco e, como ela me afogava quando eu caía no sono, fiquei resistindo para não dormir, pois, assim, não me sentiria afogar. Estava muito nervosa e com muito medo de morrer e, ao mesmo tempo, com muito sono. Para me acalmar, lembrei do sorriso e da alegria de Joaquim quando me via, então veio uma tosse tão forte, com tanto sangue que acho que me afoguei, mas no lugar de uma sensação ruim, senti uma paz tão grande, um alívio tão bom, que acho que caí no sono.

Este livro foi composto com a tipografia Times New Roman
e impresso pela Meta Brasil.